華麗なる探偵アリス&ペンギン

ウィッチ・ハント!

南房秀久／著
あるや／イラスト

JN243006

★小学館ジュニア文庫★

CONTENTS

もくじ

華麗《かれい》なる探偵《たんてい》アリス＆ペンギン

The excellent detectives Alice and Penguin

ウィッチ・ハント！

CHARACTERS
とうじょう人物《じんぶつ》

夕星《ゆうずつ》アリス

中学《ちゅうがく》2年生《ねんせい》の女《おんな》の子《こ》。
お父《とう》さんの都合《つごう》で
ペンギンと同居《どうきょ》することに。
指輪《ゆびわ》の力《ちから》で鏡《かがみ》の国《くに》に入《はい》ると、
探偵助手《たんていじょしゅ》「アリス・リドル」に!

P《ピー》・P《ピー》・ジュニア

空中庭園《くうちゅうていえん》にある【ペンギン探偵社《たんていしゃ》】の探偵《たんてい》。
言葉《ことば》も話《はな》せるし、料理《りょうり》も得意《とくい》だぞ。

響《ひびき》 琉生《るい》

アリスの
クラスメイトであり、
TV《テレビ》にも出演《しゅつえん》する
少年名探偵《しょうねんめいたんてい》
シュヴァリエ。
アリス・リドルの
正体《しょうたい》に気《き》づいていない。

怪盗《かいとう》 赤《あか》ずきん

変装《へんそう》が得意《とくい》な怪盗《かいとう》。
可愛《かわい》い洋服《ようふく》が大好《だいす》き。

赤妃《あかひ》リリカ

アリスのクラスメイト。
超絶《ちょうぜつ》セレブでハ～リウッド・スター。
響琉生《ひびきるい》のことが大好《だいす》き。

汐凪茉莉音《しおなぎまりね》

正体《しょうたい》を隠《かく》しているけど、
実《じつ》は人魚《にんぎょ》で高校生《こうこうせい》。

白兎計太《しらとけいた》

アリスの隣《となり》の席《せき》。
数字《すうじ》と時計《とけい》が大好《だいす》き。
アリス・リドルの大《だい》ファン。

ハンプティ
ダンプティ・

鏡《かがみ》の世界《せかい》の仕立屋《したてや》。
アリスのための衣装《いしょう》を作《つく》ってくれる。

ファイル・ナンバー0

魔女《まじょ》は火《ひ》あぶり

『ペンギン探偵社《たんていしゃ》』の探偵見習《たんていみなら》い、夕星《ゆうずつ》アリスには秘密《ひみつ》がある。

不思議《ふしぎ》な指輪《ゆびわ》を使《つか》って鏡《かがみ》の国《くに》に行《い》き、名探偵《めいたんてい》アリス・リドルに変身《へんしん》することができるのだ。

普段《ふだん》のアリスは白瀬《しらせ》市立《しりつ》氷山中学《ひょうざんちゅうがく》に通《かよ》う、ごくごく地味《じみ》な中学《ちゅうがく》2年生《ねんせい》。

なので当然《とうぜん》、試験《しけん》もある。

中間試験《ちゅうかんしけん》を2日後《かご》に控《ひか》え、今日《きょう》は勉強会《べんきょうかい》。

——のはずだったのだが。

(……ひたすら落《お》ち込《こ》む)

アリスは苦手《にがて》な数学《すうがく》の教科書《きょうかしょ》を前《まえ》に、固《かた》まっていた。

先《さき》ほどからクラスメートの赤妃《あかひ》リリカ、白兎《しらと》計太《けいた》と『ペンギン探偵社《たんていしゃ》』の応接室《おうせつしつ》のテー

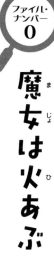

ブルを囲《かこ》んでいるけれど、ぜんぜんはかどっていない。

理由《りゆう》は簡単《かんたん》。

いつも勉強《べんきょう》を手伝《てつだ》ってくれる成績優秀《せいせきゆうしゅう》なクラスメート、響琉生《ひびきるい》がここにいないからだ。

響琉生《ひびきるい》は、TV《テレビ》の推理《すいり》バラエティ番組《ばんぐみ》『ミステリー・プリンス』に出演中《しゅつえんちゅう》の人気探偵《にんきたんてい》でもある。

今《いま》はその『ミステリー・プリンス』の特番《とくばん》の撮影《さつえい》で、琉生《るい》は日本《にほん》を離《はな》れているのだ。

「絶望的《ぜつぼうてき》です」

アリスは探偵《たんてい》としての観察眼《かんさつがん》は鋭《するど》いのだが、考《かんが》えるのが飛《と》び抜《ぬ》けて？　遅《おそ》い。

だからたいてい、解答用紙《かいとうようし》の3分《ぶん》の1も埋《う》まらないうちにテストが終《お》わってしまうのである。

「頼《たの》みの綱《つな》の響君《ひびきくん》が、舞浜《まいはま》に行《い》ってしまうとは」

アリスのため息《いき》は深《ふか》い。

「舞浜《まいはま》じゃありません、マイアミですわよ！」

と、訂正《ていせい》するのはリリカ。

リリカは大企業《だいきぎょう》「赤妃《あかひ》グループ」の会長《かいちょう》のひとり娘《むすめ》で、ハリウッド映画《えいが》にも出《で》ているセレブ。

ただ、学校《がっこう》の成績《せいせき》の方《ほう》は、残念《ざんねん》なことにアリスとドッコイドッコイである。

「舞浜《まいはま》だったら、帰《かえ》ってこられるんですけどねえ」

そうつぶやいた計太《けいた》は、数字《すうじ》に細《こま》かい性格《せいかく》で、ＩＴ《アイティー》関係《かんけい》にもかなり強《つよ》い。

ただ、学校《がっこう》の勉強《べんきょう》となると、やはりアリスと同程度《どうていど》。

結局《けっきょく》のところ、この３名《めい》が顔《かお》をそろえたところで、テストの得点《とくてん》が上《あ》がる要素《ようそ》はひとつとしてなかったのである。

「このままではまたもや居眠《いねむ》り、ではなく居残《いのこ》り学習《がくしゅう》になりそうです」

アリスが白紙《はくし》のノートを前《まえ》にしてポツリとつぶやく。他《ほか》の２名《めい》もズ〜ンと暗《くら》い顔《かお》になり、応接室《おうせつしつ》を重《おも》たい沈黙《ちんもく》が支配《しはい》した。

「…………こうなったら、超絶《ちょうぜつ》セレブの特権《とっけん》を行使《こうし》するしかありませんわね！」

リリカはガタンと椅子《いす》を鳴《な》らして立《た》ち上《あ》がると、アリスと計太《けいた》の顔《かお》を交互《こうご》に見《み》た。

「と、おっしゃいますと？」

アリスは聞《き》き返《かえ》す。

「試験《しけん》はあきらめて、現実逃避《げんじつとうひ》ですわ！」

リリカは答《こた》え、高《たか》らかに笑《わら》った。

「ですね」

「賛成《さんせい》です」

3人《にん》は、潔《いさぎよ》いほどにあきらめが早《はや》かった。

「とにかく！　中間試験《ちゅうかんしけん》さえ終《お》われば、マ〜ヴェラスでゴ〜ジャスな文化祭《ぶんかさい》ですわ！　私《わたし》たちは取《と》るに足《た》らないテストなどより、さらに未来《みらい》に目《め》を向《む》けねば！」

リリカはビシッと右斜《みぎなな》め上《うえ》を指《ゆび》さす。

「赤妃《あかひ》さんはやっぱりポジティヴです」

と、アリスは感心《かんしん》して拍手《はくしゅ》した。

「そういえば、あなたのお父様《とうさま》、文化祭《ぶんかさい》にはいらっしゃいますの？」

リリカがアリスに尋《たず》ねた。

「ちょっと無理《むり》かと」

アリスは少《すこ》し考《かんが》えてから答《こた》える。

「2、3日前《にちまえ》、モケーレ・ムベンベの探索中《たんさくちゅう》だと連絡《れんらく》がありましたから」

アリスの父《ちち》は世界中《せかいじゅう》を旅《たび》している冒険家《ぼうけんか》なのだ。

「何《なん》ですの、そのモケレレ・ンベンベというのは？」

リリカは眉《まゆ》をひそめた。

「モケーレ・ムベンベ。コンゴに棲《す》むUMA《ユーマ》、つまり未確認動物《みかくにんどうぶつ》ですよ。湖《みずうみ》に棲息《せいそく》する謎《なぞ》の生《い》き物《もの》で、首長竜《くびながりゅう》の生《い》き残《のこ》りという説《せつ》があります。つまり、ネッシーやオゴポゴの同類《どうるい》です」

計太《けいた》がタブレット端末《たんまつ》を出《だ》してきて検索《けんさく》し、モケーレ・ムベンベの想像図《そうぞうず》を見《み》せながら解説《かいせつ》する。

「わざわざこんなものを探《さが》しにアフリカまで？　……まったく、頭《あたま》が痛《いた》くなってきましたわ」

リリカはこめかみを押《お》さえた。

と、そこに。

「おにょ？　もう休憩《きゅうけい》ですか〜？」

ティー・セットのトレイを持《も》った丸《まる》っこいアデリーペンギンが、アリスたちのテーブルまでやってきた。

ちょっと間抜《まぬ》けそうに見《み》えるけれど、このペンギンこそ、『ペンギン探偵社《たんていしゃ》』日本支部《にほんしぶ》長《ちょう》にして名探偵《めいたんてい》、P《ピー》・P《ピー》・ジュニアなのだ。

「長時間勉強《ちょうじかんべんきょう》を続《つづ》けるのは、効率《こうりつ》が悪《わる》いんですのよ、P様《ピーさま》。適度《てきど》な休憩《きゅうけい》を挟《はさ》まなくては」

リリカが人差《ひとさ》し指《ゆび》を立《た》て、左右《さゆう》に振《ふ》った。

「にゅ〜。教科書《きょうかしょ》を開《ひら》いて、まだ10分《ぷん》も経《た》ってない気《き》がするんですけど？」

壁《かべ》の時計《とけい》を見《み》たP《ピー》・P《ピー》・ジュニアは、ため息《いき》をつきながらもテーブルにカップとポット、お菓子《かし》のお皿《さら》を並《なら》べる。今日《きょう》のお菓子《かし》は、P《ピー》・P《ピー》・ジュニア手作《てづく》り（ヒレ作《づく》り？）のベイクド・カスタード・タルトだ。

琥珀色《こはくいろ》の紅茶《こうちゃ》が注《つ》がれ、カップからいい匂《にお》いが漂《ただよ》い始《はじ》める。

「甘《あま》いものは脳《のう》に必要《ひつよう》なので」

アリスが角砂糖《かくざとう》をふたつカップに入《い》れて、ティー・スプーンを手《て》にしたその時《とき》。

「邪魔《じゃま》するよ」

探偵事務所《たんていじむしょ》のチャイムが鳴《な》り、扉《とびら》が開《あ》いた。

そこに立《た》っていたのは、杖《つえ》を突《つ》いたコロッと丸《まる》い感《かん》じのおばあさんである。

アリスと同《おな》じような黒《くろ》い服《ふく》をまとっていて、ヴェールで顔《かお》の上半分《うえはんぶん》を隠《かく》している。

「げげっ、マダム・クロンカイト」

おばあさんを見《み》た瞬間《しゅんかん》、P《ピー》・P《ピー》・ジュニアの頬《ほ》っぺたの筋肉《きんにく》がピクピクと震《ふる》えた。

「お久《ひさ》しぶりです」

アリスは立《た》ち上《あ》がり、おばあさんに向《む》かってペコリと頭《あたま》を下《さ》げた。

「お知《し》り合《あ》いですか？」

計太《けいた》が小声《こごえ》でアリスに尋《たず》ねる。

「はい」

と、頷《うなず》くアリス。

マダム・クロンカイトは白瀬市《しらせし》に住《す》む占星術師《せんせいじゅつし》。つまりは占《うらな》い師《し》である。

P《ピー》・P《ピー》・ジュニアとは古《ふる》い知《し》り合《あ》いらしく、アリスも以前《いぜん》、マダムからの依頼《いらい》を受《う》けたことがあるのだ。

「げげっとは、聞《き》き捨《ず》てならないねえ、ころころペンギン？」

マダムは勝手《かって》に入《はい》ってくると、P《ピー》・P《ピー》・ジュニアをにらんだ。

「げげっなんて言《い》ってませんよ〜。お歳《とし》で幻聴《そらみみ》が聞《き》こえるようになったんじゃないですか？」

P《ピー》・P《ピー》・ジュニアはとぼける。

「で、今日《きょう》は何《なに》かご用《よう》で？」

「用《よう》がなきゃあ、こんな三流探偵事務所《さんりゅうたんていじむしょ》まで足《あし》を運《はこ》ぶかい？」

マダムは杖《つえ》を置《お》いて、よっこらしょっとソファーに座《すわ》った。

「実《じつ》は、監視《かんし》というか、警護《けいご》というか見守《みまも》ってほしい子《こ》がいてね。これが、ちょいと前《まえ》から面倒《めんどう》を見《み》てる新人《しんじん》なんだが、これがまあ、何《なん》というか——」

マダムは途中《とちゅう》で言葉《ことば》を切《き》り、紅茶《こうちゃ》のポットとP《ピー》・P《ピー》・ジュニアの顔《かお》を交互《こうご》に見《み》る。

「新人《しんじん》というと、協会《きょうかい》の？」

P《ピー》・P《ピー》・ジュニアは仕方《しかた》なく、もうひとつカップを用意《ようい》して紅茶《こうちゃ》を注《つ》いだ。

「ああ、もちろんそうさ」

マダムは紅茶《こうちゃ》を一口《ひとくち》に飲《の》んでから話《はなし》を続《つづ》ける。

「で、その娘《むすめ》が、注意力《ちゅういりょく》が散漫《さんまん》というか、抜《ぬ》けているというか、ひとりで仕事《しごと》を任《まか》すにはまだまだ頼《たよ》りなくてねえ」

「大丈夫《だいじょうぶ》なんですか？」

P《ピー》・P《ピー》・ジュニアは顔《かお》をしかめた。

「仕方《しかた》ないのさ。魔女協会《まじょきょうかい》としては、早《はや》く一人前《いちにんまえ》になってもらわないといけないからね」

「魔女《まじょ》!?　おばあさんって魔女《まじょ》なんですか!?」

瞳《ひとみ》を輝《かがや》かせ、身《み》を乗《の》り出《だ》したのは計太《けいた》である。

「僕《ぼく》、実《じつ》はネット上《じょう》で『魔女《まじょ》ファンの隠《かく》れ家《が》』ってサイトを運営《うんえい》していて、大《だい》の魔女《まじょ》ファンなんですよ！」

「そんなものまでやっているんですの？」

「にゅにゅ、勉強《べんきょう》をやっている時間《じかん》がないはずですね〜」

リリカとP《ピー》・P《ピー》・ジュニアが顔《かお》を見合《みあ》わせた。

「あたしゃあんたみたいな孫《まご》を持《も》った覚《おぼ》えはないが――」

おばあさんと呼《よ》ばれたマダムは、不機嫌《ふきげん》そうに計太《けいた》の方《ほう》に目《め》を向《む》ける。

「いかにも。あたしはイギリスに本部《ほんぶ》を持《も》つ『世界魔女高等法院《せかいまじょこうとうほういん》』、いわゆる魔女協会《まじょきょうかい》に属《ぞく》する司祭魔女《プリーステス》さね」

「プリーステス？」

アリスは聞《き》き返《かえ》した。

「指導者《しどうしゃ》というか、位《くらい》の高《たか》い魔女《まじょ》のことですよ」

計太《けいた》が説明《せつめい》する。

「で、話《はなし》を戻《もど》すよ。さっきも言《い》ったが、今年《ことし》の新人《しんじん》はどうも頼《たよ》りなくってね。初任務《はつにんむ》に出《だ》したものの、不安《ふあん》でならなかったのさ。で、ちょいと占《うらな》ってみたら――」

マダムはトランプを出《だ》してきてよく切《き》り、扇形《おうぎがた》に広《ひろ》げてP《ピー》・P《ピー》・ジュニアに引《ひ》かせた。

「うみゅ」

P《ピー》・P《ピー》・ジュニアが抜《ぬ》いたのは、意地悪《いじわる》そうな道化師《どうけし》が笑《わら》っているジョーカーのカードだった。

「も、もう一度《いちど》」

引《ひ》き直《なお》したけれど、またもジョーカー。

何回《なんかい》やっても、出《で》てくるのはジョーカーである。

カードを確《たし》かめたが、インチキはない。

「不安《ふあん》になっても当然《とうぜん》ですね〜」

P《ピー》・P《ピー》・ジュニアは認《みと》めた。

マダム・クロンカイトは優秀《ゆうしゅう》な占《うらな》い師《し》なのだ。

「あの子《こ》をそっと見張《みは》って、ドジを踏《ふ》みそうになったら助《たす》けてやってくれないかねえ？」

マダムはP《ピー》・P《ピー》・ジュニアに頭《あたま》を下《さ》げる。

「ところで、その新人《しんじん》さんの任務《にんむ》とやらは何《なん》なんです？」

と、P《ピー》・P《ピー》・ジュニア。

「幽霊退治《ゆうれいたいじ》さ。幽霊《ゆうれい》が出《で》るなんて噂《うわさ》の9割《わり》は、根《ね》も葉《は》もないものだから、放《ほう》っておいても大丈夫《だいじょうぶ》のはずなんだよ。けど、もしもってことがあるからね」

マダムはそう説明《せつめい》してから付《つ》け加《くわ》えた。

「いいかい？　警護《けいご》だけど、あの子《こ》にはバレないようにするんだよ。甘《あま》やかしてると思《おも》われたくないからね。あくまでも、こっそりと陰《かげ》から見守《みまも》っておくれ」

「こっそりトカゲ？」

あまり聞《き》いたことのない生《い》き物《もの》だと思《おも》ったアリスは、首《くび》を傾《かし》げる。

「こっそりと、陰《かげ》から、ですわよ！」

リリカは訂正《ていせい》してから、ふと思《おも》いついたように、計太《けいた》を振《ふ》り返《かえ》った。

「ちょうどいいですわ！　私《わたし》たちも、P《ピー》様《さま》と庶民《しょみん》アリスを手伝《てつだ》うことにしましょう！」

勉強《べんきょう》をサボる口実《こうじつ》であることは、アリスの目《め》にも明《あき》らかである。

「賛成《さんせい》ですよ！　僕《ぼく》も新人《しんじん》魔女《まじょ》さんに会《あ》ってみたいです！」

滅多《めった》にないことだが、計太《けいた》もリリカの提案《ていあん》に同意《どうい》する。

「……何《なん》だい、この連中《れんちゅう》は？」

マダムがふたりに不審《ふしん》の目《め》を向《む》けた。

「うにゅ、アリスのお友《とも》だちなんですが――」

P《ピー》・P《ピー》・ジュニアはそう説明《せつめい》してから、リリカたちに向《む》かって両《りょう》ヒレで×《バッ》を作《つく》ってみせる。

「ついてきてはダメですよ〜。これは優秀《ゆうしゅう》な探偵《たんてい》のお仕事《しごと》なんですからね」

「構《かま》わないでしょう、ただの見学《けんがく》ということならば？　見学料《けんがくりょう》はお支払《しはら》いしますわ」

リリカはブランド物《もの》のバッグから小切手《こぎって》を取《と》り出《だ》した。

「まあ、毎週《まいしゅう》のお小遣《こづか》いの中《なか》からこのくらいなら——」

リリカが小切手《こぎって》に書《か》き込《こ》んだのは、アリスがとっさに0の数《かず》を数《かぞ》えきれない金額《きんがく》だった。

「見学《けんがく》は歓迎《かんげい》です！」

コロッと態度《たいど》の変《か》わったP《ピー》・P《ピー》・ジュニアは、その小切手《こぎって》を急《いそ》いでしまい込《こ》む。

「……ししょ〜」

アリスは小《ちい》さく頭《あたま》を横《よこ》に振《ふ》ると、マダムに尋《たず》ねた。

「それで、お弟子《でし》さんは今《いま》、どこに？」

「市《し》の北《きた》にある『藪石総合病院《やぶいしそうごうびょういん》』の跡地《あとち》。あそこに向《む》かったよ」

マダムは答《こた》えた。

白瀬駅前《しらせえきまえ》のバス・ターミナルから13番目《ばんめ》の停留所《ていりゅうじょ》で降《お》りると、目《め》の前《まえ》に「旧《きゅう》・藪石総合《やぶいしそうごう》病院《びょういん》」はあった。

「ししょ〜が到着《とうちゃく》するまで、ここで待《ま》つようにと」

『立《た》ち入《い》り禁止《きんし》』の立《た》て札《ふだ》がある病院《びょういん》の門《もん》の前《まえ》で、アリスは立《た》ち止《ど》まり、リリカと計太《けいた》を振《ふ》り返《かえ》って告《つ》げる。P《ピー》・P《ピー》・ジュニアは準備《じゅんび》があるので、あとからこちらに来《く》ることになっているのだ。

「アリス・リドルちゃんは来《き》てくれないんですか？」

計太《けいた》が期待《きたい》の声《こえ》でアリスに聞《き》いた。

計太《けいた》は『アリス・リドルちゃんのお部屋《へや》』というサイトを運営《うんえい》するほどのアリス・リドルのファン。

でも、夕星《ゆうずつ》アリスとアリス・リドルが同一人物《どういつじんぶつ》であるとは、夢《ゆめ》にも思《おも》っていない。

「あとで来《く》ると言《い》っていました。アリス・リドルはしんしゅちゅきびょ……」

アリスは噛《か》んだ。「神出鬼没《しんしゅつきぼつ》」はアリスには難易度《なんいど》が高《たか》い四文字熟語《よんもじじゅくご》だったようである。

「しかし――」

リリカが4階建《かいだ》ての病院《びょういん》を見上《みあ》げ、風《かぜ》になびく髪《かみ》をかき上《あ》げた。

「ホラー映画《えいが》の撮影《さつえい》にピッタリの廃墟《はいきょ》ですわね」

たぶん白《しろ》かったはずの建物《たてもの》は黒《くろ》い汚《よご》れに覆《おお》われ、窓《まど》ガラスもほとんど割《わ》れている。

「まったく同感《どうかん》です」

アリスも頷《うなず》く。

「B級《ビーきゅう》ホラー映画《えいが》にばっかり出《で》ている赤妃《あかひ》さんならではの感想《かんそう》ですね」

計太《けいた》がタブレット端末《たんまつ》を取《と》り出《だ》しながら、ボソリとつぶやく。

「赤妃《あかひ》さんは、どの映画《えいが》でもすてきですよ」

アリスは正直《しょうじき》な感想《かんそう》を計太《けいた》に告《つ》げる。

「庶民《しょみん》！　もっと言《い》っておやりなさい！　具体的《ぐたいてき》に、どの映画《えいが》のどこのシーンに登場《とうじょう》する私《わたし》がマーヴェラスだったのかを！」

ほめられて上機嫌《じょうきげん》になったリリカがうながす。

「ええっと……特《とく》に怪獣《かいじゅう》に踏《ふ》まれたシーンが」

「庶民《しょみん》、あなたもしかして、いまだに私《わたし》の映画《えいが》、その1本《ぽん》しか見《み》ていないんじゃ？」

「…………」

アリスは目《め》をそらして回答《かいとう》を拒否《きょひ》した。

すると、そのふと向《む》けた視線《しせん》の先《さき》には――。

(あれは?)

病院《びょういん》の正面玄関《しょうめんげんかん》に入《はい》ってゆく白《しろ》い人影《ひとかげ》があった。

「もしかして、あの人《ひと》じゃありませんか?」

どうやら計太《けいた》も気《き》がついたようである。

「追《お》いますわよ、こっそりと!」

アリスたちにそう命《めい》じるリリカは、ぜんぜんこっそりしていない。

「P《ピー》・P《ピー》・ジュニアさんやアリス・リドルちゃんがまだ到着《とうちゃく》してませんよ」

「ふたりを待《ま》っていたら見失《みうしな》いますわよ!」

リリカはそう言《い》い捨《す》てると、白《しろ》い影《かげ》のあとを追《お》って病院《びょういん》に入《はい》ってゆく。

アリスと計太《けいた》は仕方《しかた》なく、リリカについていった。

その頃《ころ》、探偵事務所《たんていじむしょ》に残《のこ》っていたP《ピー》・P《ピー》・ジュニアは——。

「ロンドン研修《けんしゅう》に行《い》った時《とき》に借《か》りて、そのままになっていた携帯用《けいたいよう》の電磁波測定装置《でんじはそくていそうち》。フラッシュ付《つ》きのカメラに、防弾《ぼうだん》ジャケットに防刃《ぼうじん》ジャケット、ヘルメットに、遅《おそ》くなった時《とき》のためのお夜食《やしょく》。遺体安置所《いたいあんちじょ》に閉《と》じ込《こ》められた時《とき》のための携帯《けいたい》カイロ」

アザラシ形《がた》のリュックに、いろいろと詰《つ》め込《こ》んでいた。

「神社《じんじゃ》でもらってきたお札《ふだ》に、お守《まも》り。銀《ぎん》の十字架《じゅうじか》にニンニク、それに聖水《せいすい》……3年前《ねんまえ》のですけど、使用期限《しようきげん》は切《き》れてませんよね？」

P《ピー》・P《ピー》・ジュニアはガラス瓶《びん》を見《み》つめて、首《くび》——ないけど——をひねる。

「ニンニクやら、十字架《じゅうじか》やら、聖水《せいすい》は吸血鬼《きゅうけつき》の弱点《じゃくてん》だろ？　幽霊《ゆうれい》に効《き》くとは思《おも》えないねえ」

マダムはそんなP《ピー》・P《ピー》・ジュニアの様子《ようす》を見《み》て、首《くび》を横《よこ》に振《ふ》った。

「念《ねん》のため(just《ジャスト》・in《イン》・case《ケース》)ですよ、念《ねん》のため」

「……怖《こわ》いんだね、幽霊《ゆうれい》が？」

「ピキ〜ッ！　怖《こわ》くなんかありませんよ！　幽霊《ゆうれい》なんて、ロンドンでも見《み》ましたしね！」

Ｐ《ピー》・Ｐ《ピー》・ジュニアは黄色《きいろ》い水《みず》かきでパタタタタタ〜ッと床《ゆか》を叩《たた》きながら、携帯用《けいたいよう》のライトを——念《ねん》のためふたつ——リュックに入《い》れる。

「おにょ、もう夕方《ゆうがた》ですね〜。アリスたちが待《ま》ってますから急《いそ》がないと」

Ｐ《ピー》・Ｐ《ピー》・ジュニアはパンパンにふくらんだリュックを背負《せお》うと、窓《まど》の向《む》こうの赤《あか》い空《そら》に目《め》を向《む》けた。

「そろそろ、幽霊《ゆうれい》どもが騒《ぞめ》き出《だ》す頃《ころ》かねえ？」

マダム・クロンカイトも空《そら》を見《み》つめ、顔《かお》を曇《くも》らせるのであった。

「見事《みごと》に見失《みうしな》いました」
アリスたちは病院《びょういん》に入《はい》ったものの、白《しろ》い人影《ひとかげ》はもうどこにもいなかった。
「どこに行《い》ったんですの？」

リリカがあたりを見回《みまわ》すが、照明《しょうめい》がない上《うえ》に外《そと》は暗《くら》くなりかけている。

廊下《ろうか》の奥《おく》の方《ほう》は真《ま》っ暗《くら》で、何《なに》があるのかさっぱりわからない。

耳《みみ》を澄《す》ませてみたが、物音《ものおと》も声《こえ》も聞《き》こえない。

「確《たし》かライトが――」

アリスはポシェットから小型《こがた》の懐中電灯《かいちゅうでんとう》を取《と》り出《だ》して、スイッチを入《い》れた。

受付《うけつけ》のあたりは、スナック菓子《がし》の袋《ふくろ》や空《あ》き缶《かん》が散《ち》らかっている。肝試《きもだめ》しに入《はい》り込《こ》んだ人《ひと》たちが捨《す》てたゴミだろう。天井《てんじょう》から下《さ》がっている受付《うけつけ》の表示板《ひょうじばん》が、黒《くろ》い板《いた》に白字《しろじ》の横書《よこが》きで『付受《つけうけ》』になっている。

「ずいぶんと古《ふる》い病院《びょういん》みたいです」

アリスは『療診科外一第《りょうしんかげいちだい》』と書《か》かれた表示板《ひょうじばん》を照《て》らしながら、廊下《ろうか》の奥《おく》へと足《あし》を進《すす》める。

「計太《けいた》、この病院《びょういん》のことを調《しら》べなさい」

一番後《いちばんうし》ろを進《すす》むリリカが命《めい》じた。

「ええっと……『白瀬市《しらせし》の怪談《かいだん》』のサイトを見《み》ると、この病院《びょういん》が潰《つぶ》れたのは第二次世界大《だいにじせかいたい》戦《せん》の終《お》わり頃《ごろ》のようですね」

計太《けいた》が素早《すばや》くタブレット端末《たんまつ》を操作《そうさ》する。

「もともと軍《ぐん》の施設《しせつ》の病院《びょういん》で、戦時中《せんじちゅう》、爆撃《ばくげき》に遭《あ》って多《おお》くの軍人《ぐんじん》さんがここで亡《な》くなったそうですよ。出没《しゅつぼつ》するのは、その軍人《ぐんじん》さんたちと看護師《かんごし》さんたちの幽霊《ゆうれい》――」

読《よ》み上《あ》げる計太《けいた》の顔《かお》から、だんだん血《ち》の気《け》が失《う》せてきた。

「これ、本物《ほんもの》ですよ！　心霊写真《しんれいしゃしん》が何枚《なんまい》も載《の》ってます！　本当《ほんとう》に出《で》るんですよ、ここ！」

「トリック写真《しゃしん》でしょう？　今《いま》の時代《じだい》、写真《しゃしん》の加工《かこう》なんて子供《こども》でもできますわ」

リリカがフフンと鼻《はな》を鳴《な》らす。

「もしかすると魔女《まじょ》さん、もうこの階《かい》にはいないのかも知《し》れません」

アリスは２階《かい》に続《つづ》く階段《かいだん》の方《ほう》へとライトの灯《あか》りを向《む》けた。

「そもそも、赤妃《あかひ》さんたちが見《み》かけたの、本当《ほんとう》に新人魔女《しんじんまじょ》さんなんですか？」

ビクビクしている計太《けいた》は、アリスの背中《せなか》にピッタリとくっついている。

「違《ちが》ったとすれば、誰《だれ》だったんでしょう？」

アリスは聞《き》き返《かえ》した。

「だから、ゆうれ――」

「お黙《だま》りなさい！」

みなまで言《い》わせず、リリカは目《め》をつり上《あ》げて計《けい》太《た》の足《あし》を踏《ふ》んづけた。

3人《にん》は階段《かいだん》を上《のぼ》ったが、ここでも物音《ものおと》や声《こえ》は聞《き》こえなかった。

「ここはしゅじゅしゅしゅ……しゅじゅちゅちゅ……しゅじゅ？」

アリスは近《ちか》くの部屋《へや》の表示板《ひょうじばん》にライトを向《む》ける。

「手術室《しゅじゅつしつ》かと？」

と、リリカ。

「そう、それです」

「字《じ》がかすれてよく読《よ》めませんけど、そうかも知《し》れませんわね。まあ、入《はい》ってみれば分《わ》かりますわよ」

リリカはそう言《い》うなり、外《はず》れかけた鉄《てつ》の扉《とびら》を横《よこ》に引《ひ》いて、計《けい》太《た》を突《つ》き飛《と》ばした。

「ち、血《ち》の痕《あと》です！」

いきなり押《お》し込《こ》まれた計《けい》太《た》は尻《しり》もちをつき、悲鳴《ひめい》に近《ちか》い声《こえ》を上《あ》げる。

「これは？」

リリカは眉《まゆ》をひそめた。

床《ゆか》がタイル張《ば》りで、中央《ちゅうおう》に手術台《しゅじゅつだい》が置《お》かれた部屋《へや》。その奥《おく》の壁《かべ》には、大《おお》きな赤《あか》い染《し》みがあったのだ。

「本物《ほんもの》の血《ち》なら――」

最後《さいご》に部屋《へや》に入《はい》ったアリスは壁《かべ》に顔《かお》を近《ちか》づけると、血《ち》のような染《し》みをジッと観察《かんさつ》してから計太《けいた》を引《ひ》き起《お》こす。

「もっと茶色《ちゃいろ》くなっています。誰《だれ》かが赤《あか》ペンキでイタズラをしたのかも」

「人騒《ひとさわ》がせな！　一瞬《いっしゅん》、血《ち》だと信《しん》じかけましたわ！」

リリカは怒《いか》りにワナワナと肩《かた》を震《ふる》わせる。

「怒《おこ》るのは赤妃《あかひ》さんじゃなくて、手術室《しゅじゅつしつ》に押《お》し込《こ》まれた僕《ぼく》の方《ほう》でしょ！」

抗議《こうぎ》する計太《けいた》は半分涙目《はんぶんなみだめ》だ。

「とにかく！　ここにはいないようですから、別《べつ》の部屋《へや》を捜《さが》しますわよ！」

計太《けいた》の抗議《こうぎ》は無視《むし》された。

2階《かい》の部屋《へや》を全部《ぜんぶ》回《まわ》ったが、アリスたちは幽霊《ゆうれい》にも新人《しんじん》魔女《まじょ》にも出会《であ》わなかった。

「何《なに》を調《しら》べているので？」

歩《ある》きながらタブレット端末《たんまつ》を操作《そうさ》している計太《けいた》にアリスは尋《たず》ねる。

「ゾ、ゾンビが出《で》た場合《ばあい》にどうすればいいのか検索《けんさく》を」

計太《けいた》は液晶《えきしょう》画面《がめん》を見《み》つめながら震《ふる》える声《こえ》で答《こた》えた。

「まったく。普段《ふだん》、怪談《かいだん》のサイトを見《み》ているくせに、どうしてそんなに臆病《おくびょう》なんですの？」

リリカが腰《こし》に手《て》を当《あ》ててにらみつける。

「だ～か～ら～！　ここは本当《ほんとう》に出《で》るんですったら！　超常現象的《ちょうじょうげんしょうてき》なものが！」

計太《けいた》は反論《はんろん》する。

「ゾンビなんていません」

アリスはきっぱりと言《い》った。

「そうそう」

リリカはウンウンと頷《うなず》く。

「でも、幽霊《ゆうれい》はいます」

「庶民《しょみん》！　あなたはど〜して、そういうことをこの場《ば》で言《い》うんですの⁉」

リリカの声《こえ》が1オクターブ高《たか》くなった。

階段《かいだん》をさらに昇《のぼ》って3階《がい》に行《い》くと、そこはほとんどが病室《びょうしつ》になっていた。

「何《なん》だかもう、飽《あ》きてきましたわ」

リリカが唇《くちびる》を尖《とが》らせる。

「新人魔女《しんじんまじょ》さん、もう幽霊《ゆうれい》の餌食《えじき》になっていたり？」

縁起《えんぎ》でもないことを計太《けいた》がつぶやく。

「マダムの話《はなし》では、そもそも幽霊《ゆうれい》の話《はなし》はただの噂《うわさ》だ、と……？」

と言《い》いかけたアリスは、階段脇《かいだんわき》の壁《かべ》の表示《ひょうじ》を見《み》て、首《くび》を傾《かし》げた。

「ここは3階《がい》なのに、次《つぎ》の階《かい》は5階《かい》になってますが？」

斜《なな》め上《うえ》を向《む》いた矢印《やじるし》のところには、確《たし》かに『階伍《かいご》』と書《か》かれている。

（いったい4階《かい》はどこに消《き》えたのでしょう？）

「うちのおばあ様《さま》から聞《き》いたことがありますわ。昔《むかし》は4は『死《し》』につながるといって、嫌《きら》われたそうですのよ。特《とく》に病院《びょういん》では」

リリカが説明《せつめい》してくれた。

「なるほど」

要《よう》するに、験担《げんかつ》ぎみたいなものらしい。

5階《かい》へ続《つづ》く階段《かいだん》は途中《とちゅう》で崩《くず》れていて、上《のぼ》れそうにない。

つまり、新人魔女《しんじんまじょ》がいるとすれば、この階《かい》のはずだ。

「呼《よ》んでみましょうか？　もしいるんなら、返事《へんじ》があるはず」

ちょくちょく後《うし》ろを振《ふ》り返《かえ》りながら、計太《けいた》はふたりにささやく。

「こっそり見守《みまも》れ、と言《い》われたことを忘《わす》れたんですの？　声《こえ》をかけてしまったら、ぜんぜんこっそりではありませんわよ」

リリカがつくづく呆《あき》れ果《は》てた、と言《い》いたげな目《め》を計太《けいた》に向《む》けた。

「ごもっともです」

アリスもリリカと同意見《どういけん》だが、実《じっ》はリリカの声《こえ》が一番大《いちばんおお》きいのでは、とも思《おも》う。

「でも、暗《くら》くなってきたじゃないですか？　日没《にちぼつ》まであと4分《ぷん》29秒《びょう》02ですよ」

計太《けいた》は懐中時計《かいちゅうどけい》を取《と》り出《だ》して、正確《せいかく》な時間《じかん》を確認《かくにん》した。

「僕《ぼく》らだけで捜《さが》すのはあきらめて、P《ピー》・P《ピー》・ジュニアさんとアリス・リドルちゃんを待《ま》つことにしませんか？　門《もん》のところまで戻《もど》って？」

「せっかくここまで来《き》たんですのよ？　一度《いちど》降《お》りて、またここまで戻《もど》るなんて面倒《めんどう》な」

リリカが反対《はんたい》する。

アリスはスマートフォンでP《ピー》・P《ピー》・ジュニアに連絡《れんらく》を取《と》ろうとしたが、あいにく、スクーターを運転《うんてん》してこちらに来《く》る途中《とちゅう》なのか、つながらない。

「ここは手分《てわ》けして捜《さが》すべきですわね」

リリカが足《あし》を止《と》めて、ふたりに提案《ていあん》した。

「ダメですよ！　それって、ホラー映画《えいが》だとひとりひとり消《け》されていくパターンじゃないですか!?」

計太《けいた》はブルブルと首《くび》を横《よこ》に振《ふ》って反対《はんたい》した。

「これは映画《えいが》ではありませんわ！　まったく、とことん情《なさ》けないですわね！」

「僕《ぼく》は慎重《しんちょう》なんですってば！」

「大声《おおごえ》を出《だ》すんじゃありません！」

「そっちこそ！」

「あの……私《わたし》が門《もん》のところまで戻《もど》って、ししょ～とアリス・リドルを連《つ》れてきますので」

言《い》い争《あらそ》うふたりの間《あいだ》に、アリスが割《わ》って入《はい》った。

「ナイスなアイデアですわ、庶民《しょみん》！」

リリカは振《ふ》り向《む》き、人差《ひとさ》し指《ゆび》を立《た》ててアリスに向《む》ける。

「赤妃《あかひ》さんと残《のこ》されるの、ちょっと嫌《いや》なんですけど」

計太《けいた》の方《ほう》は不服《ふふく》そうだ。

「何《なん》ですって！」

「ほら、うるさいし」

「では、少《すこ》しお待《ま》ちを」

アリスはもめ続《つづ》けるふたりと別《わか》れて、階段《かいだん》を降《お》りていく。

そして、ふたりから見《み》えないところまでやってくると——。

「鏡《ミラー》よ、鏡《ミラー》」

ポシェットから自分《じぶん》の鏡《かがみ》を取《と》り出《だ》して、そっと指《ゆび》で触《ふ》れた。

「アリス・リドル、登場《エンター、アリス・リドル》」

身《み》につけていた地味《じみ》な黒《くろ》いワンピースが、トランプ柄《がら》の鮮《あざ》やかな空色《そらいろ》へと変化《へんか》した。

夕星《ゆうずつ》アリスは母《はは》の家《いえ》に代々《だいだい》伝《つた》わる指輪《ゆびわ》の力《ちから》を借《か》りて、へんてこな鏡《かがみ》の国《くに》に行《い》くことができる。

そして、この鏡《かがみ》の国《くに》でもうひとりのアリス、名探偵《めいたんてい》アリス・リドルに変身《へんしん》するのだ。

「さてと」

テーブルや書《か》き物机《ものづくえ》、植木鉢《うえきばち》、ママレードの瓶《びん》が並《なら》ぶ食器棚《しょっきだな》に囲《かこ》まれ、ふわりと浮《う》いているアリスはあたりを見回《みまわ》す。

夜空《よぞら》の星《ほし》のように輝《かがや》いて見《み》えるのは、すべてが鏡《かがみ》だ。このまま、またすぐに鏡《かがみ》を通《とお》って外《そと》の世界《せかい》に戻《もど》り、P《ピー》・P《ピー》・ジュニアを待《ま》ってもいいのだが――。

アリスは近《ちか》くに漂《ただよ》っていたグランドピアノの上《うえ》にチョコンと座《すわ》って、新人魔女《しんじんまじょ》がどこにいるのか、少《すこ》し考《かんが》えてみることにした。

鏡《かがみ》の世界《せかい》は、時間《じかん》の流《なが》れが遅《おそ》い。何日《なんにち》もこちらにいたとしても、外《そと》の世界《せかい》ではほんの一瞬《いっしゅん》。だから、何《なに》かをじっくり考《かんが》えるのには、うってつけの場所《ばしょ》なのだ。

(計太君《けいたくん》は、ここが軍《ぐん》の施設《しせつ》の病院《びょういん》だと言《い》ってました。ならば、秘密《ひみつ》の場所《ばしょ》があるかも)

アリスは今《いま》まで捜《さが》した場所《ばしょ》の様子《ようす》を思《おも》い出《だ》してみる。

(どこかに見落《みお》としは――)

目《め》を閉《と》じて、意識《いしき》を集中《しゅうちゅう》。

すると、アリスを中心《ちゅうしん》に、あたりに浮《う》いていた椅子《いす》やテーブル、食器棚《しょっきだな》などがゆっくりと回《まわ》り始《はじ》める。

(2階《かい》はたぶん見落《みお》としはありませんね。1階《かい》は受付《うけつけ》と待合室《まちあいしつ》の他《ほか》は診察室《しんさつしつ》が並《なら》んでいて、どの部屋《へや》もほとんど同《おな》じ大《おお》きさで――)

アリスは考《かんが》えるのは遅《おそ》いけれど、一度《いちど》見《み》たことはどんなささいなことも忘《わす》れない。

たとえば、広《ひろ》い教室《きょうしつ》の中《なか》でペン一本《いっぽん》が一《いち》ミリ動《うご》いただけでも気《き》がつくことができるのだ。

しばらくして。

（…………ほとんど？）

アリスは目《め》を開《ひら》いた。

鏡《かがみ》の国《くに》から戻《もど》ったアリスは、1階《かい》の廊下《ろうか》の一番奥《いちばんおく》、右手《みぎて》の部屋《へや》に入《はい》った。

『庫品薬《こひんやく》』という札《ふだ》がかかっていた部屋《へや》だ。

この部屋《へや》だけが他《ほか》の部屋《へや》と比《くら》べ、横《よこ》が2メートルほど短《みじか》かったことを、アリスは思《おも》い出《だ》したのである。

白《しろ》い塗料《とりょう》が剥《は》げかけた薬品棚《やくひんだな》の下《した》を見《み》ると、弧《こ》を描《えが》くようにホコリがこすれた跡《あと》と、アリスと同《おな》じぐらいの大《おお》きさの足跡《あしあと》がある。

「この棚《たな》が動《うご》くとすれば……」

アリスは棚《たな》に手《て》をかけて引《ひ》いてみる。

すると、カチリという音《おと》がして、棚《たな》が動《うご》いた。

棚《たな》の裏《うら》には真《ま》っ暗《くら》な穴《あな》が口《くち》を開《あ》けていて、アリスがライトを向《む》けると――。

「開《あ》いた〜っ！」

という声《こえ》とともに、何《なに》かが飛《と》び出《だ》してきてアリスに激突《げきとつ》した。

ガツン！

「……ず、頭蓋骨《ずがいこつ》と脳《のう》が」

意識《いしき》が飛《と》びかけたアリスは、涙目《なみだめ》になって座《すわ》り込《こ》む。

「ふぎゃあぁっ！　で、出《で》た〜っ！」

飛《と》び出《だ》してきた影《かげ》もアリスに気《き》がつくと、頭《あたま》を抱《かか》えて床《ゆか》にうずくまった。

そして、そのまま30秒《びょう》ほど経《た》って――。

「？」

ちょっと回復《かいふく》したアリスは、震《ふる》えている影《かげ》にライトを向《む》けてみた。

「ひ〜っ！　ごめんなさいごめんなさいごめんなさいごめんなさいごめんなさいごめんなさいごめんなさ〜い！　私《わたし》、ちょっと間違《まちが》って迷《まよ》い込《こ》んだだけの、普通《ふつう》の中学生《ちゅうがくせい》です！　決《けっ》して、決《けっ》して幽霊退治《ゆうれいたいじ》に来《き》た魔女《まじょ》なんかじゃありませんので、呪《のろ》い殺《ころ》したり、ゾンビにしたりしないでくださ〜い！」

ライトの光《ひかり》に照《て》らし出《だ》されたのは、しゃがみ込《こ》んで震《ふる》えている、女《おんな》の子《こ》だ。

三《み》つ編《あ》みにメガネ、大《おお》きなリュックを背負《せお》っている。

（どこかで会《あ》ったことがあるような――）

何《なん》となく見覚《みおぼ》えがあるような気《き》がして、アリスは尋《たず》ねる。

「あの、お名前《なまえ》は？」

「し、白瀬市立氷山中学《しらせしりつひょうざんちゅうがく》2年《ねん》A組《エーぐみ》、苔桃《こけもも》あざみです！　幽霊《ゆうれい》さん、お願《ねが》いだから食《た》べないで〜！」

女《おんな》の子《こ》は早口《はやくち》でまくし立《た》てた。

同《おな》じ学校《がっこう》、同《おな》じ学年《がくねん》である。記憶《きおく》にあって当然《とうぜん》だ。

「私《わたし》は幽霊《ゆうれい》ではないのですが？」

アリスは幽霊《ゆうれい》になった覚《おぼ》えはない。そもそも幽霊《ゆうれい》なら実体《じったい》がないから、ゴツンとぶつかったりしないはずである。

「幽霊《ゆうれい》じゃないなら、やっぱり悪霊《あくりょう》ですか〜っ!?　それとも怨霊《おんりょう》、亡霊《ぼうれい》、ポルターガイス

ト、地獄《じごく》の貴公子《きこうし》の親衛隊《しんえいたい》とか、魔将軍《ましょうぐん》や魔元帥《まげんすい》とか、冥王《めいおう》の使者《ししゃ》とかですか〜っ？」
あざみの中《なか》では、幽霊《ゆうれい》と悪霊《あくりょう》、怨霊《おんりょう》、亡霊《ぼうれい》はそれぞれ別《べつ》のものらしい。

「あのですね——」

あざみの妄想《もうそう》が果《は》てしなく続《つづ》きそうなので、アリスは正体《しょうたい》を明《あ》かすことにした。


「じゃあ、マダムが私《わたし》のことを心配《しんぱい》して？」

アリスが事情《じじょう》を説明《せつめい》すると、あざみは胸《むね》をなで下《お》ろした。

「はい」

アリスは頷《うなず》く。

「助《たす》かりました〜。怪《あや》しい秘密《ひみつ》の部屋《へや》を見《み》つけたんですけど、入《はい》ったとたんに扉《とびら》が閉《し》まって、中《なか》からは開《あ》けられなかったんです」

鼻《はな》のところまでずり落《お》ちたメガネを直《なお》し、あざみは説明《せつめい》した。

と、そこに。

「さっきの不気味《ぶきみ》な声《こえ》は何《なん》ですか〜っ!?」

ライト付《つ》きのヘルメットをかぶり、聖水《せいすい》の瓶《びん》を握《にぎ》りしめたP《ピー》・P《ピー》・ジュニアが駆《か》けつけて来《き》た。

「ひいっ！　今度《こんど》こそ、この廃病院《はいびょういん》に巣《す》くう幽霊《ゆうれい》ですよ！」

P《ピー》・P《ピー》・ジュニアを見《み》たあざみは、アリスにしがみつく。

「失礼《しつれい》な！　こんなにキュートでマーヴェラスな幽霊《ゆうれい》がどこの世界《せかい》に存在《そんざい》すると⁉」

P《ピー》・P《ピー》・ジュニアは水《みず》かきでペタタタタタタ～ッと床《ゆか》を叩《たた》いた。

「だって、ど～見《み》てもあれって青《あお》い人魂《ひとだま》ですよ！」

あざみは震《ふる》える指《ゆび》でP《ピー》・P《ピー》・ジュニアを指《ゆび》さす。

「しょ～、丸《まる》いから」

アリスは小《ちい》さく頭《あたま》を振《ふ》った。

「にゅぐぐ！　……ダイエットした方《ほう》がいいですかね？」

P《ピー》・P《ピー》・ジュニアは聖水《せいすい》の瓶《びん》を置《お》くと、お腹《なか》をつまんでみる。

「正直《しょうじき》」

アリスが頷《うなず》いたその時《とき》。

「アリス・リドルちゃん、来《き》てくれたんですね！」

計太《けいた》とリリカが上《うえ》の階《かい》から降《お》りてきた。

「悲鳴《ひめい》らしき声《こえ》が聞《き》こえたので、降《お》りてきたんですわ。……計太《けいた》はさっさと逃《に》げようとしましたけれど」

リリカが計太《けいた》に冷《ひ》ややかな目《め》を向《む》ける。

「うう、一瞬《いっしゅん》だけじゃないですか～？　と、ところで、夕星《ゆうずつ》さんは？」

計太《けいた》はごまかすように話題《わだい》を変《か》えた。

「他《ほか》の場所《ばしょ》を捜《さが》しに行《い》きました」

と、アリスもごまかす。

「で、アリス・リドル。そちらの方《かた》は？」

ここでやっと、リリカがあざみに気《き》がついた。

「新人魔女《しんじんまじょ》さんです」

アリスはあざみをみんなに紹介《しょうかい》する。

「氷山中学《ひょうざんちゅうがく》2年A組《ねんエーぐみ》、苔桃《こけもも》あざみです」

あざみは頭《あたま》を下《さ》げ、またメガネがずり落《お》ちた。

「うちの中学《ちゅうがく》の生徒《せいと》ですの？」

あざみが名乗《なの》ると、リリカは眉《まゆ》をひそめる。

「同学年《どうがくねん》ですか!?　こんな身近《みぢか》に魔女《まじょ》がいたなんて、感動《かんどう》ですね！」

計太《けいた》はスマートフォンでパシャパシャとあざみの写真《しゃしん》を撮《と》り始《はじ》めた。

「ひっ！」

フラッシュに怯《おび》えて、あざみはまた身《み》をすくめる。

「しかし、こっそりと見守《みまも》るはずでしたのに見《み》つかってしまうなんて。庶民《しょみん》アリスならともかく、アリス・リドルともあろう方《かた》がとんだドジですわね」

リリカはアリスを振《ふ》り返《かえ》り、やれやれというように首《くび》を振《ふ》る。

「面目次第《めんぼくしだい》もありません」

まったくリリカの言《い》うとおりである。

「で、幽霊《ゆうれい》は見《み》つかったんですか、魔女《まじょ》さん？」

P《ピー》・P《ピー》・ジュニアが改《あらた》めて、あざみに尋《たず》ねた。

「それがぜ〜んぜんだぜ」

質問《しつもん》に答《こた》えたのは、あざみとは別《べつ》の声《こえ》。

「魔女《まじょ》だとバレてんのなら、黙《だま》ってることたあないな？　よっこらしょっと！」

姿《すがた》を見《み》せたのは1匹《ぴき》の小《ちい》さな灰色《はいいろ》のハリネズミである。

あざみのリュックの脇《わき》のポケットから出《で》てきたそのハリネズミは、そのままあざみの肩《かた》に駆《か》け上《のぼ》り、一同《いちどう》を見《み》て鼻《はな》をヒクヒクさせる。

「しゃべるハリネズミ？」

リリカが眉《まゆ》をひそめたが、それほど驚《おどろ》いた様子《ようす》はない。話《はな》す生《い》き物《もの》なら、とっくにP《ピー》・P《ピー》・ジュニアが目《め》の前《まえ》にいるのだから、当然《とうぜん》といえば当然《とうぜん》だ。

「おいおい、そんじょそこらのハリネズミと一緒《いっしょ》にすんなよ。おいら、使《つか》い魔《ま》のチクチクさ」

ハリネズミは胸《むね》を張《は》って名乗《なの》った。

「使《つか》い魔《ま》？」

と、聞《き》き返《かえ》すアリス。

「魔女《こいつ》の手助《てだす》けをする相棒《あいぼう》のことさ」

ハリネズミは小《ちい》さな前足《まえあし》をあざみの顔《かお》に向《む》けた。

「チクチクです」

あざみが紹介《しょうかい》する。

「チクチクなんて安直《あんちょく》な名前《なまえ》つけられて、ガッカリだよ」

舌《した》を鳴《な》らしたチクチクは、アリスたちに聞《き》いた。

「……なあ、あんたたちなら、この高貴《こうき》なおいらに何《なん》て名前《なまえ》をつける？」

「丸《まる》めたボロ雑巾《ぞうきん》」

と、リリカ。

「使《つか》い古《ふる》し歯《は》ブラシ」

と、計太《けいた》。

「イガイガ」

と、アリス。

「ウニ」

と、P《ピー》・P《ピー》・ジュニア。

「う。あんたらもたいがい、センスね〜な」

チクチクは深《ふか》〜いため息《いき》をつく。

「……私《わたし》、センス良《よ》かったんだ」

つぶやくあざみ。

「な訳《わけ》ね〜だろ!」

チクチクは丸《まる》くなって、あざみの頬《ほお》に体当《たいあ》たりした。

「ごめんなさいごめんなさい! センスがなくてごめんなさ〜い!」

あざみは頭《あたま》を抱《かか》えるようにしてチクチクに謝《あやま》る。

「……こんな小動物《しょうどうぶつ》に脅《おど》かされて。あなた、『全世界《ぜんせかい》・気《き》が小《ちい》さい人大会《ひとたいかい》』が開《ひら》かれたら、間違《まちが》いなく日本代表《にほんだいひょう》ですねえ?」

この光景《こうけい》に、P《ピー》・P《ピー》・ジュニアは呆《あき》れてクチバシを横《よこ》に振《ふ》った。

「とにかく、P《ピー》・P《ピー》・ジュニア様《さま》とこの超絶《ちょうぜつ》セレブの私《わたし》、他《ほか》2名《めい》が見守《みまも》っていてあげますから、とっとと幽霊《ゆうれい》を見《み》つけて退治《たいじ》なり何《なん》なりするが良《よ》いですわ」

リリカがあざみに告《つ》げる。

「そ、そうですね！　頑張《がんば》らないと……とと っと」

あざみは立《た》ち上《あ》がろうとしたが、背中《せなか》のリュックの重《おも》みでふらつく。

「それ、何《なに》が入《はい》っているんですか？　もしかして秘密《ひみつ》の魔女《まじょ》グッズとか？」

計太《けいた》が興味津々《きょうみしんしん》といった顔《かお》で質問《しつもん》した。

「鋭《するど》いですね。実《じつ》は私《わたし》、薬草系《ハーブけい》の魔法《まほう》を勉強《べんきょう》してる魔女《まじょ》なんです」

あざみはリュックを降《お》ろすと、床《ゆか》に中身《なかみ》を並《なら》べ始《はじ》める。

「これが雨《あめ》を降《ふ》らせるハーブの入《はい》った香炉《こうろ》。こっちは、子供《こども》が迷子《まいご》になるのを防《ふせ》ぐハーブのポプリ。これが不運《ふうん》を招《まね》く毒《どく》キノコのブーケで――」

「ど、毒《どく》！」

リリカの顔《かお》が強《こわ》ばる。

「はい。魔女《まじょ》の訓練《くんれん》のひとつに、深《ふか》い山《やま》にこもって薬草《やくそう》を探《さが》すというのがありまして」

あざみは説明《せつめい》しながら肩《かた》を落《お》とす。

「でも、私《わたし》が見《み》つけられたのって、なぜか毒《どく》キノコばかりで。余《あま》らせて腐《くさ》ってももったいないからって、マダムがこれを作《つく》ってくれたんです」

「個人的《こじんてき》には、腐《くさ》らせた方《ほう》が良《よ》かったように思《おも》いますよ」

P《ピー》・P《ピー》・ジュニアは毒々《どくどく》しい色《いろ》のキノコを見《み》て顔《かお》をしかめる。

「さすがはプリーステス級《きゅう》の魔女《まじょ》、マダムは毒《どく》にも詳《くわ》しいんですね」

感心《かんしん》しているのは計太《けいた》ひとりである。

「普通《ふつう》の薬《くすり》っぽいのはないんですの？　そう、ハーブというのでしたら、頭痛薬《ずつうやく》とか、風《か》邪薬《ぜぐすり》とか？」

ポプリをつまみ上《あ》げて匂《にお》いをかいだリリカが聞《き》いた。

「ああっと。……そういうのはちゃんとした薬屋《くすりや》さんに行《い》って買《か》った方《ほう》がよろしいかと」

あざみは言《い》った。

「ちゃんとしてないって、自分《じぶん》で認《みと》めちゃいましたね、この人《ひと》」

P《ピー》・P《ピー》・ジュニアが力《ちから》なく笑《わら》う。

(ここにあるの、どれも幽霊《ゆうれい》を捜《さが》す役《やく》には立《た》ちそうもありませんが、いいのでしょうか？)

あざみが並《なら》べたハーブのアイテムを見《み》て、アリスは首《くび》を傾《かし》げる。

でも、あまりにもあざみが得意《とくい》げなので、ここはあえて指摘《してき》しないでおくことにする。

「おい、呆《あき》れられてっぞ。もっとすごいアイテムを見《み》せてやれよ」

アリスたちの微妙《びみょう》な反応《はんのう》を見《み》たチクチクが、前足《まえあし》であざみを突《つ》っつく。

「そ、それじゃ――」

あざみはリュックから刃渡《はわた》り15センチほどの短剣《たんけん》を取《と》り出《だ》した。

警察官《けいさつかん》に見《み》つかったら、捕《つか》まりそうな品《しな》である。

「これはマジカル・ダーク。邪悪《じゃあく》なものが近《ちか》くにあると光《ひかり》を放《はな》つ魔法《まほう》の短剣《たんけん》です」

あざみは説明《せつめい》しながら鞘《さや》から短剣《たんけん》を抜《ぬ》いてみせた。

すると――。

「み、見《み》てください！　マジカル・ダークに反応《はんのう》が！」

刃《やいば》は紫色《むらさきいろ》に妖《あや》しい光《ひかり》を放《はな》っていた。

「幽霊《ゆうれい》はいないんじゃ？」

「マダムの話《はなし》ではそうでしたけど、あの短剣《たんけん》、本物《ほんもの》のマジック・アイテムっぽいですよ」

リリカとP《ピー》・P《ピー》・ジュニアが顔《かお》を見合《みあ》わせる。

「それ、どういう仕組《しく》みなのですか？」

アリスがあざみに尋《たず》ねた。

「新人《しんじん》なので、さっっっぱり分《わ》かりません」

あざみはすがすがしいほどに、はっきりと首《くび》を横《よこ》に振《ふ》った。

「まあ、僕《ぼく》らだってスマートフォンのアプリの仕組《しく》みとか、うまく説明《せつめい》できないじゃないですか？」

取《と》りなすように計太《けいた》が口《くち》を挟《はさ》む。

「……あなた、苔桃《こけもも》さんの肩《かた》を持《も》ちすぎじゃありませんこと？」

リリカは冷《ひ》ややかな目《め》を計太《けいた》に向《む》けた。

「反応《はんのう》はこっちです！」

あざみはマジカル・ダークを右左《みぎひだり》に向《む》けてみて、妖《あや》しい輝《かがや》きが一番《いちばん》増《ま》した方向《ほうこう》を指《ゆび》さす。

「この先《さき》に幽霊《ゆうれい》がいるはずですよ」

「うっかりマダムに聞《き》くのを忘《わす》れていましたが、どうやって幽霊《ゆうれい》を退治《たいじ》するんです？」

聖水《せいすい》の瓶《びん》と十字架《じゅうじか》を両《りょう》ヒレに持《も》ったP《ピー》・P《ピー》・ジュニアが、声《こえ》をひそめて聞《き》いた。

あざみが普通《ふつう》の中学生《ちゅうがくせい》すぎて、幽霊退治《ゆうれいたいじ》ができそうな魔女《まじょ》には見《み》えないからだろう。

「任《まか》せてください！　これでも——」

あざみはまたもやリュックの中身《なかみ》をあさる。

「これでも……これでも……えぇっと、これで……も？」

だが、お目当《めあ》てのものが、なかなか見《み》つからないようだ。

数分後《すうふんご》。

「ありました！」

あざみがホッとした表情《ひょうじょう》で一同《いちどう》に見《み》せたのは、長《なが》さ60センチほどの杖《つえ》だった。

先端《せんたん》に宝石《ほうせき》っぽいものがついていて、ちょっとカラフルだ。

「もしかすると、それは変身《へんしん》アイテム⁉」

計太《けいた》がスマートフォンをあざみに向《む》ける。

「そのとおりです！　いっきますよ〜！」

あざみは杖《つえ》を高《たか》く掲《かか》げながら、クルリと回転《かいてん》した。

「香《かお》れ、さわやかに！　フローラル・メタモルフォーゼ！」

まぶしい光《ひかり》が一瞬《いっしゅん》、あざみを包《つつ》み込《こ》み――。

「ウイッカ、降臨《こうりん》！　マジカ～ル・ローズマリー！」

三角帽子《さんかくぼうし》にスター模様《もよう》のコスチュームをまとった女《おんな》の子《こ》が、そこに立《た》っていた。

「恋《こい》に冒険《ぼうけん》に大活躍《だいかつやく》！　あなたのハートも退治《たいじ》しちゃうぞ？」

メガネもかけていないし、髪型《かみがた》も髪《かみ》の色《いろ》も変《か》わっているが、あざみに間違《まちが》いない。

間違《まちが》いないのだが、妙《みょう》に明《あか》るい。

先《さき》ほどまでのオドオドしたところは、まったくない。

まるで毒《どく》キノコでも食《た》べたかのようだ。

「……って、みなさん、どうしたんです？　マジカル・ローズマリーの見事《みごと》な変身《へんしん》に驚《おどろ》いちゃって、声《こえ》も出《で》ないとか？」

大喜《おおよろこ》びの計太《けいた》以外《いがい》のふたりと1羽《わ》は、その場《ば》に座《すわ》り込《こ》み、首《くび》を横《よこ》に振《ふ》っていた。

「何《なん》ていうか……脱力《だつりょく》しますわね」

こめかみを押《お》さえるリリカ。

「変身前《へんしんまえ》とのギャップが……」

アリスも頭痛《ずつう》を覚《おぼ》える。

「つかぬことをお伺《うかが》いしますが……マダムも変身《へんしん》できるので？」

P《ピー》・P《ピー》・ジュニアがおそるおそる質問《しつもん》した。

「はい、もちろん！　みなさん、見《み》たいですか？」

「遠慮《えんりょ》しときます」

幽霊《ゆうれい》よりも怖《こわ》い姿《すがた》を想像《そうぞう》して、アリスは身震《みぶる》いした。

「そいじゃ、ちゃっちゃと片《かた》づけちゃいましょう！　幽霊退治《ゆうれいたいじ》、改《あらた》めてスタートです！」

「お〜っ！」

マジカル・ローズマリー（あざみ）はチクチクを連《つ》れて、自信《じしん》たっぷりに進《すす》んでいく。

「魔女《まじょ》っ娘《こ》大活躍《だいかつやく》の決定的《けっていてき》な動画《どうが》、ゲットするチャンスですよ！」

さっきまで幽霊《ゆうれい》を怖《こわ》がっていた計太《けいた》が、その後《うし》ろ姿《すがた》を撮《と》りながらついていく。

「……大丈夫《だいじょうぶ》なんでしょうか？」

「うにゅう。大丈夫《だいじょうぶ》なら、マダムが私《わたし》たちに頼《たの》む訳《わけ》ありませんよ」

「協力《きょうりょく》しないで幽霊《ゆうれい》に本人《ほんにん》が退治《たいじ》されたら、寝覚《ねざ》めが悪《わる》いですわ」

残《のこ》りのふたりと1羽《わ》もあとに続《つづ》いた。

「ここです」

マジカル・ローズマリーが足《あし》を止《と》めたのは、1階《かい》の奥《おく》、『所置安体遺《じょちあんたいい》』という札《ふだ》がかかった部屋《へや》の前《まえ》だった。

「い、い、いかにも幽霊《ゆうれい》が出《で》そうな場所《ばしょ》ですね」

もともと青《あお》いP《ピー》・P《ピー》・ジュニアがさらに青《あお》ざめる。

(さっき調《しら》べた時《とき》にはこんな部屋《へや》はなかった気《き》が？)

アリスの記憶《きおく》ではこんな部屋《へや》はなかった。

だが、実際《じっさい》、壁《かべ》だったところに錆《さ》びついた鉄製《てっせい》の扉《とびら》がある。

「開《あ》けなよ」

「うん！」

チクチクが声《こえ》をかけ、マジカル・ローズマリーが取《と》っ手《て》を握《にぎ》ろうとしたその時《とき》。

「あら、残念《ざんねん》ね！」

聞《き》き覚《おぼ》えのある声《こえ》が、背中《せなか》の方《ほう》から聞《き》こえてきた。

「幽霊退治《ゆうれいたいじ》より先《さき》に、あなたがこの私《わたし》たちに退治《たいじ》されるのよ！」

アリスが振《ふ》り返《かえ》ると、そこにいたのはドイツの民族衣装《みんぞくいしょう》に身《み》を包《つつ》んだ女《おんな》の子《こ》と男《おとこ》の子《こ》だ。

「おにゃ？　どこかで見《み》たことのあるような〜？」

P《ピー》・P《ピー》・ジュニアが首《くび》をひねる。

「ちょっ、忘《わす》れるなんてあり得《え》ないでしょ！　ヘンゼル、久《ひさ》しぶりにあれ、やるわよ！」

女《おんな》の子《こ》が、弟《おとうと》っぽい男《おとこ》の子《こ》を肘《ひじ》で小突《こづ》いた。

「え〜？」

男《おとこ》の子《こ》は、露骨《ろこつ》に嫌《いや》そうな顔《かお》になる。

「お黙《だま》り！」

グレーテルは弟《おとうと》を無理矢理《むりやり》背中合《せなかあ》わせに立《た》たせると、ポーズを取《と》った。

「私《わたし》たちこそ、全《ぜん》ヨーロッパを恐怖《きょうふ》に陥《おとしい》れた悪《あく》の申《もう》し子《ご》！　この世《よ》で私《わたし》たちに盗《ぬす》めないものはない！　怪盗姉弟《かいとうしてい》ヘンゼルとグレーテル、豪華絢爛《ごうかけんらん》、華麗《かれい》に参上《さんじょう》！」

「全《ぜん》ヨーロッパを笑《わら》いの渦《うず》に巻《ま》き込《こ》んだ、の間違《まちが》いじゃないんですか〜」

P《ピー》・P《ピー》・ジュニアがクチバシを押《お》さえて、プププッと笑《わら》った。

「あんたって、ほんと腹立《はらた》つわね！」

姉《あね》のグレーテルは、こぶしを握《にぎ》りしめてワナワナと震《ふる》わせる。

「どうも、お久《ひさ》しぶりです」

その隣《となり》のヘンゼルが、アリスに挨拶《あいさつ》した。

「おふたりとここで会《あ》うとは意外《いがい》です」

と、アリス。

「ふふふ、さすがのアリス・リドルとP《ピー》・P《ピー》・ジュニアも、犯罪芸術家《クリミナル・アーティスト》である私《わたし》たちの行《こう》動《どう》を読《よ》めなかったようね！　今回《こんかい》は、犯罪《はんざい》はちょっと置《お》いといて、世《よ》のため人《ひと》のため、悪《あく》の魔女《まじょ》を滅《ほろ》ぼす『魔女狩《まじょが》り』に参上《さんじょう》したのよ！」

グレーテルはポケットから取《と》り出《だ》した十字架《じゅうじか》をかざした。

「魔女狩《まじょが》り？」

アリスが聞《き》き返《かえ》す。魔女狩《まじょが》りといえば、中世《ちゅうせい》ヨーロッパで、魔法《まほう》を使《つか》ったと疑《うたが》われた人《ひと》たちを迫害《はくがい》し、たくさんの無実《むじつ》の人《ひと》を死刑《しけい》にした事件《じけん》のことだ。

「僕《ぼく》たち、魔女狩人《ウィッチ・ハンター》のバイトを始《はじ》めたんですよ。うちの高校《こうこう》、バイトOK《オーケー》なんで」

ヘンゼルが答《こた》えた。こう見《み》えてヘンゼルは天才《てんさい》。とっくに飛《と》び級《きゅう》で大学《だいがく》を卒業《そつぎょう》しているのだが、正体《しょうたい》を隠《かく》すために姉《あね》と同《おな》じ高校《こうこう》に通《かよ》っている。ちなみに、姉《あね》のグレーテルの成績《せいせき》はかなり低《ひく》い。

「ウィッチ・ハンターって。そんなバイトがあるんですか？」

P《ピー》・P《ピー》・ジュニアが疑《うたが》いの視線《しせん》をヘンゼルたちに向《む》ける。

「はい。教会《きょうかい》の求人広告《きゅうじんこうこく》を、コミック雑誌《ざっし》で見《み》つけたんです」

ヘンゼルが答《こた》えた。

「コミック雑誌《ざっし》で募集《ぼしゅう》？」

「人材不足《じんざいぶそく》にしても、広告《こうこく》を載《の》せる雑誌《ざっし》は選《えら》ぶべきでは？」

計太《けいた》とリリカが首《くび》を傾《かし》げる。

「それにしてもバイトとは……苦労《くろう》なさってるんですね？」

アリスは同情《どうじょう》の目《め》をグレーテルに向《む》けた。

「その目《め》はやめて！　だいたい、あんたたちがいっつも妨害《ぼうがい》するせいじゃない、本職《ほんしょく》の方《ほう》がうまくいかないのは!?」

グレーテルはドンッと床《ゆか》を踏《ふ》みしめる。

「私《わたし》たちの妨害《ぼうがい》というより、ほとんど自滅《じめつ》じゃないですか？」

Ｐ《ピー》・Ｐ《ピー》・ジュニアは指摘《してき》した。

「グレーテルさん、魔女狩《まじょが》りって言《い》ってましたけど、具体的《ぐたいてき》に魔女《まじょ》をどうするつもりなんです？」

計太《けいた》がスマートフォンをグレーテルに向《む》ける。

「魔女《まじょ》は教会《きょうかい》の――」

グレーテルは質問《しつもん》に答《こた》えかけてから、カメラ映《うつ》りを気《き》にしてちょっと右《みぎ》を向《む》く。

「魔女《まじょ》は教会《きょうかい》の敵《てき》、人類《じんるい》の敵《てき》！　本物《ほんもの》の魔女《まじょ》だって確認《かくにん》したら、即《そく》、処刑《しょけい》するのよ！」

「処刑《しょけい》の方法《ほうほう》は？」

計太《けいた》はまるでインタビューしているみたいに続《つづ》けた。

「さあ？　火《ひ》アプリだっけ？」

グレーテルは弟《おとうと》に確認《かくにん》する。

「火《ひ》あぶりですよ。ちゃんとお仕事《しごと》の手引《マニュアル》きを読《よ》むように、あれほど言《い》ったのに」

ヘンゼルは呆《あき》れたように小《ちい》さく首《くび》を振《ふ》る。

「だってさ、あれ、法律用語《ほうりつようご》が多《おお》すぎて、退屈《たいくつ》なんだもん」

グレーテルは唇《くちびる》を尖《とが》らせると、どこからかポリタンクを出《だ》してきて床《ゆか》に置《お》く。中身《なかみ》はおそらくガソリンだろう。

「ガソリンをポリタンクに入《い》れるのは、消防法違反《しょうぼうほういはん》じゃなかったですっけ？」

計太《けいた》がP《ピー》・P《ピー》・ジュニアに質問《しつもん》する。

「ポリタンクで保管《ほかん》するのは違反《いはん》ですね。タンクがガソリンで変形《へんけい》して漏《も》れるかも知《し》れないですから」

P《ピー》・P《ピー》・ジュニアは肩《かた》――ないけど――をすくめた。

漏《も》れたガソリンは気化《きか》し、小《ちい》さな火花《ひばな》でも引火《いんか》してドカン、となりかねないのである。

「ねえ、私《わたし》、いい魔女《まじょ》だよ？　いい魔女《まじょ》も処刑《しょけい》するの？」

マジカル・ローズマリーが不服《ふふく》そうな顔《かお》で言《い》う。

「いい魔女《まじょ》なんてこの世《よ》にいな～い！」

グレーテルは断言《だんげん》した。

「そもそも！　魔女《まじょ》は我《わ》が一族《いちぞく》の河豚《ふぐ》点々《てんてん》の敵《かたき》なのよ！」

「不倶戴天《ふぐたいてん》ですね」

ヘンゼルが訂正《ていせい》する。

「そうなのですか？」

と、アリス。

ちなみに不倶戴天《ふぐたいてん》とは「同《おな》じ世界《せかい》に生《い》きていられないほど仲《なか》が悪《わる》い」というような意味《いみ》の言葉《ことば》である。

「我《わ》が家《や》の偉大《いだい》なる先祖《せんぞ》、初代《しょだい》グレーテルとヘンゼルは、お菓子《かし》の家《いえ》に住《す》む魔女《まじょ》に危《あや》うく食《た》べられるところだったのよ！」

これは、アリスも聞《き》いたことがあるお話《はなし》だ。

「逆《ぎゃく》に魔女《まじょ》をかまどに放《ほう》り込《こ》んだそうですけどね」

ヘンゼルが付《つ》け足《た》す。

「ふふ〜ん。それが一族《いちぞく》の記念《きねん》すべき最初《さいしょ》の犯罪《はんざい》よ」

グレーテルは威張《いば》った。

「どうでもいいですけど、幽霊退治《ゆうれいたいじ》はどうなったのです？」

肩《かた》をすくめて話《はなし》を戻《もど》したのは、リリカだった。

気《き》がつくと午後《ごご》8時過《じす》ぎ。どうやら飽《あ》きてきたようである。

「うん、そうだよね！　この変人《へんじん》さんたちはとりあえず無視《むし》して、幽霊《ゆうれい》を見《み》つけて退治《たいじ》しないと！」

マジカル・ローズマリーが杖《つえ》をクルリと回《まわ》して、ウインクした。

「そうはさせないわよ、火《ひ》あぶり火《ひ》あぶり～！」

グレーテルがポリタンクのふたを取《と》り、中身《なかみ》をマジカル・ローズマリーにかけようとしたその時《とき》。

「あの～。そこって誰《だれ》か開《あ》けましたっけ？」

撮影《さつえい》を続《つづ》けていた計太《けいた》が、マジカル・ローズマリーの後《うし》ろの扉《とびら》を指《ゆび》さした。

いつの間《ま》にか、『所置安体遺《じょちあんたいい》』の扉《とびら》が、30センチほど開《あ》いていた。

アリスの記憶《きおく》では、ヘンゼルとグレーテルが現《あらわ》れる前《まえ》は閉《と》じていたはずの扉《とびら》だ。

「私《わたし》、開《あ》けてないよ」

と、マジカル・ローズマリー。

「私《わたし》もです」

アリスも触《さわ》っていない。

「もちろん、私《わたし》も」

「僕《ぼく》だって」

当然《とうぜん》、リリカと計太《けいた》もだ。

「うにゅ、私《わたし》もですよ〜」

そもそもP《ピー》・P《ピー》・ジュニアの身長《しんちょう》では、扉《とびら》の取《と》っ手《て》にヒレが届《とど》かない。

「脅《おど》かして気《き》をそらそうったって無駄《むだ》！　幽霊《ゆうれい》なんて——ちょっと、放《はな》しなさいよ」

フフンと笑《わら》うグレーテルは、左肩《ひだりかた》にかけられた手《て》を払《はら》おうとする。

「って、しつこいわね、ヘンゼル！」

手《て》はグレーテルの肩《かた》にのったままだ。

「僕《ぼく》じゃないよ」

ヘンゼルは首《くび》を横《よこ》に振《ふ》る。

「じゃあ誰《だれ》が――」

眉《まゆ》をひそめたグレーテルは気《き》がついた。

弟《おとうと》が立《た》っているのは、自分《じぶん》の右《みぎ》。

だが、干《ひ》からびたような黒《くろ》い手《て》がのっているのは、左《ひだり》の肩《かた》である。そして、P《ピー》・P《ピー》・ジュニアやアリスたちは目《め》の前《まえ》にいるので、自分《じぶん》の肩《かた》には触《ふ》れられない。

「……………誰《だれ》？」

グレーテルはおそるおそる、ゆっくりと振《ふ》り返《かえ》る。

すると――。

そこにいたのは、ボロボロになった昔《むかし》の軍服《ぐんぷく》を着《き》た、薄気味悪《うすきみわる》い男《おとこ》だった。

アリスたちが固《かた》まっていると、男《おとこ》は扉《とびら》に向《む》かって手招《てまね》きした。

「な、何《なん》ですの!?」

リリカが扉《とびら》を指《ゆび》さして息《いき》をのんだ。

扉《とびら》の奥《おく》から次々《つぎつぎ》と軍服《ぐんぷく》の男《おとこ》たちが現《あらわ》れたのだ。

全員《ぜんいん》が痩《や》せこけて青白《あおじろ》い顔《かお》をしている上《うえ》に、半分透《はんぶんす》けているように見《み》える。そして彼《かれ》らの後《うし》ろ、扉《とびら》の向《む》こうにはどこにつながっているのか分《わ》からない真《ま》っ黒《くろ》な闇《やみ》が渦巻《うずま》いていた。

「出《で》たあ！」

計太《けいた》はとっさにアリスの後《うし》ろに身《み》を隠《かく》す。

「おい、こいつはマジでヤバい！　あいつら、怨霊級《おんりょうきゅう》の霊《れい》だぜ！」

チクチクが毛《け》を逆立《さかだ》てた。

「お前《まえ》も……仲間《なかま》になれ……」

怨霊《おんりょう》たちの手《て》が伸《の》びて、グレーテルの髪《かみ》や首《くび》、手足《てあし》をつかみ、扉《とびら》の方《ほう》に引《ひ》っ張《ぱ》ってゆく。

「仲間《なかま》に〜」

「ぎえええええ〜っ！」

グレーテルは、予防注射《よぼうちゅうしゃ》を打《う》つために病院《びょういん》に連《つ》れていかれる子猫《こねこ》みたいな顔《かお》になった。

「うにゅっ！」

P《ピー》・P《ピー》ジュニアは聖水《せいすい》の瓶《びん》を投《な》げつけたが、効果《こうか》はない。

「今《いま》、助《たす》けるよ！」

マジカル・ローズマリーは怨霊《おんりょう》たちをかわし、リュックから小《ちい》さなケースを取《と》り出《だ》すと、中《なか》のハーブを床《ゆか》にまく。

「防御《ぼうぎょ》の魔法陣《まほうじん》を描《えが》くから、その上《うえ》に乗《の》って！」

ハーブはさわやかな香《かお》りとともに広《ひろ》がりながら散《ち》って、六芒星《ヘキサグラム》が組《く》み合《あ》わさった魔法陣《まほうじん》を描《えが》いた。

「助《たす》かります！」

と、その上《うえ》に飛《と》び乗《の》ったヘンゼルが、安心《あんしん》したのも束《つか》の間《ま》。

「こら～っ！　弟《おとうと》のくせに私《わたし》を見捨《みす》てるな～！」

暴《あば》れるグレーテルの足《あし》がガソリンのポリタンクを蹴《け》り倒《たお》して、サークルを描《えが》いていたハーブを洗《あら》い流《なが》した。当然《とうぜん》、魔法陣《まほうじん》が放《はな》っていた防御《ぼうぎょ》の光《ひかり》が消《き》える。

「あわわわわ～っ！」

怨霊《おんりょう》たちの手《て》が再《ふたた》びヘンゼルに襲《おそ》いかかり、その体《からだ》をつかんで持《も》ち上《あ》げた。

「アリスさん、P《ピー》・P《ピー》・ジュニアさん！　僕《ぼく》だけでも助《たす》けて～！」

ヘンゼルは怨霊《おんりょう》の群《む》れに引《ひ》きずられながら、アリスたちに訴《うった》えた。

「何《なに》言《い》ってんのよ！　弟《おとうと》のあんたが可愛《かわい》い姉《あね》をかばって犠牲《ぎせい》になりなさいよ！」

「ダメ姉《あね》が可愛《かわい》い弟《おとうと》をかばうもんでしょ、ふつう！」

怨霊《おんりょう》に囲《かこ》まれたふたりは、見《み》るに耐《た》えない姉弟争《していあらそ》いを始《はじ》める。

「……助《たす》ける気《き》が失《う》せますわね」

「大丈夫《だいじょうぶ》！　絶対《ぜったい》にふたりとも助《たす》け――」

マジカル・ローズマリーが怨霊《おんりょう》たちに杖《つえ》を向《む》けたその時《とき》。

「ちょ〜っと、待《ま》ってください」

P《ピー》・P《ピー》・ジュニアが咳払《せきばら》いして、マジカル・ローズマリーを止《と》めた。

「あ〜、ヘンゼルさん、グレーテルさん、ここは取引《とりひき》といきましょう」

P《ピー》・P《ピー》・ジュニアはニヤリと笑《わら》う。

「はあ!?」

グレーテルは信《しん》じられない、という顔《かお》になった。

「助《たす》けてあげますから、マジカル・ローズマリーを火《ひ》あぶりにする話《はなし》はなしということで？」

「それじゃバイト代《だい》がもらえないじゃん！」

グレーテルはもがきながら首《くび》を横《よこ》に振《ふ》る。

「では、さよ〜なら〜」

P《ピー》・P《ピー》・ジュニアは、クルリとグレーテルたちに背《せ》を向《む》けた。

「うわっ、ひっど！　それが探偵《たんてい》のやること⁉」

「あざみさんに何《なに》かあったら、私《わたし》がマダムにすっごく怒《おこ》られるんですよ〜」

P《ピー》・P《ピー》・ジュニアは振《ふ》り返《かえ》り、あっかんべ〜をする。

「うう〜……どうしよ？」

グレーテルは迷《まよ》いに迷《まよ》った。

「姉《ねえ》さん！　ゆっくり考《かんが》えてる場合《ばあい》じゃないでしょ？」

ヘンゼルの声《こえ》が裏返《うらがえ》る。

「待《ま》ちなさいよ！　簡単《かんたん》に探偵《たんてい》の言《い》いなりになったら、犯罪芸術家《クリミナル・アーティスト》としての誇《ほこ》りが――」

「もういいです！　みなさん、助《たす》けてください！　ウィッチ・ハンターの仕事《しごと》はあきらめますから！　僕《ぼく》らは魔女《まじょ》なんて見《み》てません！　魔女《まじょ》がいたなんて、ただの噂話《うわさばなし》ですよ、あは、あははは！」

とうとうヘンゼルが降参《こうさん》した。

「では、マジカル・ローズマリーさん」

P《ピー》・P《ピー》・ジュニアが、マジカル・ローズマリーに目配《めくば》せする。

「はい！　いっきますよ〜！」

マジカル・ローズマリーは軽《かろ》やかなステップを踏《ふ》みながら、空中《くうちゅう》に杖《つえ》で円《えん》を描《えが》いた。

「きらめけ！　インボルク・サークル！」

光《ひか》る二重《にじゅう》の円《えん》と、その間《あいだ》に奇妙《きみょう》な文字《もじ》。そして、その中《なか》に描《えが》かれた五芒星《ペンタグラム》が浮《う》き上《あ》がる。

（あれは確《たし》か……）

冒険家《ぼうけんか》の父《ちち》に習《なら》ったアリスは知《し》っているが、文字《もじ》は古代《こだい》イギリスでケルト族《ぞく》という人《ひと》たちが使《つか》っていたオガム文字《もじ》だ。

（私《わたし》もちょっとお手伝《てつだ》いを）

アリスはスマートフォンをポシェットから出《だ》して、エースのアイコンをタップした。

「ヴォーパル・ソード」

アリスの右手《みぎて》に現《あらわ》れたのは輝《かがや》く剣《けん》。

鏡《かがみ》の国《くに》のアイテム・ショップの店主《てんしゅ》、帽子屋《ぼうしや》からもらった七《なな》つ道具《どうぐ》のひとつである。

「スティリンジア・スラッシュ！」

マジカル・ローズマリーが放《はな》つ魔法《まほう》の光《ひかり》の輪《わ》が、グレーテルを捕《と》らえていた怨霊《おんりょう》を包《つつ》み込《こ》んで消《け》し去《さ》った。

同時《どうじ》に、アリスもヘンゼルを闇《やみ》の渦《うず》に引《ひ》き込《こ》もうとしていた怨霊《おんりょう》たちを切《き》り裂《さ》く。

不気味《ぶきみ》な嘆《なげ》きの声《こえ》とともに怨霊《おんりょう》たちは散《ち》り、闇《やみ》の渦《うず》も消《き》え去《さ》った。

ヘンゼルとグレーテルは、ベチョッとガソリンだらけの床《ゆか》に落《お》っこちる。

「やった！　魔女《まじょ》とアリスちゃんの共演《きょうえん》ですよ！」

この様子《ようす》を撮影《さつえい》していた計太《けいた》は大喜《おおよろこ》びだ。

「あなた、すごいね！　やっぱりあなたも魔女《まじょ》なんだ⁉」

マジカル・ローズマリーが、アリスを振《ふ》り返《かえ》って手《て》を握《にぎ》りしめた。

「いえ。通《とお》りすがりの探偵《たんてい》です」

アリスはちょっと恥《は》ずかしくなって目《め》をそらした。

「まあ、これで解決《かいけつ》ですわね」

と、満足《まんぞく》そうに頷《うなず》くのは、今回《こんかい》、何《なん》にもしていないリリカである。

「それじゃ、お間抜《まぬ》けな悪人《あくにん》さんたちには、退場《たいじょう》いただきましょうか？　私《わたし》たちはマダムに報告《ほうこく》に戻《もど》りますので」

P《ピー》・P《ピー》・ジュニアは、グレーテルたちを追《お》い払《はら》うようにヒレを振《ふ》った。

しかし。

「そ〜はいかないわよ！」

グレーテルは、倒《たお》れていたガソリンのポリタンクを拾《ひろ》い上《あ》げた。

「そこの魔女《まじょ》には、ど〜しても火《ひ》あぶりになってもらうんだから！」

「うにゅにゅ！　あなた、ローズマリーを狙《ねら》わないって約束《やくそく》したでしょう⁉」

「約束《やくそく》したのはヘンゼルだもん。私関係《わたしかんけい》な〜い」

グレーテルがマッチを取《と》り出《だ》した。

「待《ま》って、姉《ねえ》さん！」

「それはやめた方《ほう》が――」

と、ヘンゼルとアリスは言《い》いかけたが。

ブシュウウウウウウ！

先《さき》にP《ピー》・P《ピー》・ジュニアが実力行使《じつりょくこうし》に出《で》た。

背中《せなか》のアザラシ形《がた》リュックから小型《こがた》の消火器《しょうかき》を取《と》り出《だ》して、グレーテルに吹《ふ》きつけたのだ。

「何《なに》すんのよ！」

消化液《しょうかえき》で真《ま》っ白《しろ》になったグレーテルが、金切《かなき》り声《ごえ》をあげた。

「助《たす》けてあげたんですから文句《もんく》を言《い》うんじゃありません」

と、P《ピー》・P《ピー》・ジュニア。

「あなた、今《いま》マッチを擦《す》っていたら、引火《いんか》して自分《じぶん》が真《ま》っ黒《くろ》コゲですよ」

「……僕《ぼく》もそう言《い》おうとしたのに」

ヘンゼルが首《くび》を横《よこ》に振《ふ》る。

「う」

グレーテルはガソリンまみれの自分《じぶん》の服《ふく》に目《め》をやって、真《ま》っ青《さお》になった。

「こ、これはその……別《べつ》にあんたのおかげで命拾《いのちびろ》いしたなんて、ずぇ〜ったいに思《おも》わないんだからね！」

素直《すなお》じゃないグレーテルはそっぽを向《む》いた。

「はいはい。とっととその人《ひと》、連《つ》れて帰《かえ》ってください」

P《ピー》・P《ピー》・ジュニアはヘンゼルに向《む》かって告《つ》げる。

「ほんとにご迷惑《めいわく》を」

ヘンゼルは何度《なんど》も頭《あたま》を下《さ》げると、目《め》を回《まわ》している姉《あね》を引《ひ》きずるようにして去《さ》っていった。


「それで、あの……手伝《てつだ》ってもらって、ゆ、幽霊退治《ゆうれいたいじ》は成功《せいこう》……というか、あの——」

アリスたちと探偵事務所《たんていじむしょ》まで帰《かえ》ってきたあざみは、おっかなびっくりの様子《ようす》でマダムに報告《ほうこく》していた。変身《へんしん》を解《と》いて、三《み》つ編《あ》みにメガネのスタイルになったあざみは、もとの気《き》弱《よわ》でビクビクした性格《せいかく》に戻《もど》っているようだ。

「ごめんなさい！　ひとりじゃ無理《むり》でした！　みんなに手伝《てつだ》ってもらっちゃいました〜！」

「……あたしはこっそり見守《みまも》れ、と言《い》わなかったかい？」

マダムはP《ピー》・P《ピー》・ジュニアをジロリとにらんだ。

「そこはまあ、いろいろと予想外《よそうがい》のことが起《お》こりまして〜。……ヘンゼルとグレーテルが現《あらわ》れたり、とか……」

力《ちから》なく笑《わら》うP《ピー》・P《ピー》・ジュニアの目《め》は泳《およ》いでいる。

「……ま、仕方《しかた》ないさ」

マダムはふうっとため息《いき》をついてから、あざみに視線《しせん》を移《うつ》す。

「あんたはまだまだ、見習《みなら》いからは卒業《そつぎょう》できそうにないねえ」

「で……ですね」

あざみはしゅんとなる。

「P《ピー》・P《ピー》・ジュニア、世話《せわ》になったね。報酬《ほうしゅう》はあとで振《ふ》り込《こ》んでおくよ」

マダムは立《た》ち上《あ》がり、あざみの首根《くびね》っこをつかんで扉《とびら》の方《ほう》へと向《む》かった。

「毎度《まいど》あり〜」

P《ピー》・P《ピー》・ジュニアはヘコヘコと頭《あたま》を下《さ》げてふたりを見送《みおく》る。

そして、ふたりが帰《かえ》ったあとで。

「では、P様《ピーさま》。名残惜《なごりお》しいですが、精神的《せいしんてき》にかなり疲《つか》れたので、今夜《こんや》はもう帰《かえ》らせていただきますわね」

リリカはP《ピー》・P《ピー》・ジュニアを抱《だ》き上《あ》げて頬《ほお》ずりすると、家《いえ》に連絡《れんらく》して車《くるま》を呼《よ》びつける。

「僕《ぼく》もさっそく、今日撮《きょうと》った写真《しゃしん》を『魔女《まじょ》ファンの隠《かく》れ家《が》』にアップしないと！」

どうやら計太《けいた》は徹夜《てつや》になりそうだ。

「……はて？」

みんなが帰《かえ》って静《しず》かになると、アリスは首《くび》をひねった。

「何《なに》か大切《たいせつ》なことがあったような気《き》が？」

アリスたちは忘《わす》れていた。

そもそも今日《きょう》は、いっしょに試験勉強《しけんべんきょう》をするために集《あつ》まったのだということを。

数日後《すうじつご》に試験結果《しけんけっか》が返《かえ》ってきた時《とき》、アリスたちは幽霊《ゆうれい》よりも青《あお》くなる羽目《はめ》になるのだが。

それはまた、別《べつ》の話《はなし》である。

ファイル・ナンバー1

お茶《ちゃ》会《かい》へようこそ

試験《しけん》の結果《けっか》は、想像《そうぞう》していたとおりのものだった。

結果《けっか》、居残《いのこ》り学習《がくしゅう》3日間《かかん》の刑《けい》？　である。

むろん、リリカや計太《けいた》も同様《どうよう》だ。

ただ、全員《ぜんいん》、比較的《ひかくてき》立《た》ち直《なお》りが早《はや》い上《うえ》に——。

「響様《ひびきさま》がいらっしゃらなかったのに、この成績《せいせき》、上々《じょうじょう》ですわ」

「まあ、自力《じりき》ですから」

「上々《ウェル・ダン》です」

と思《おも》っている。

この連中《れんちゅう》に、反省《はんせい》の二文字《ふたもじ》はない。

で、この日《ひ》の放課後《ほうかご》。

「さあ、エッヴリバディ！　文化祭《ぶんかさい》まであと4日《か》！　みなさん、各自《かくじ》の役割《やくわり》を果《は》たすが良《よ》いですわ！」

教壇《きょうだん》の前《まえ》に立《た》ったリリカが、クラスのみんなに向《む》かって宣言《せんげん》した。

居残《いのこ》り学習《がくしゅう》が終《お》わった翌日《よくじつ》から、2年C組《ねんシーぐみ》は文化祭《ぶんかさい》の準備《じゅんび》にかかっている。

ホームルームで投票《とうひょう》した結果《けっか》、クラスの出《だ》し物《もの》は劇《げき》ということになった。

主演《しゅえん》は、全員《ぜんいん》の投票《とうひょう》で琉生《るい》に決定《けってい》。

脚本《シナリオ》は計太《けいた》。

リリカが舞台監督《ぶたいかんとく》。

もちろん。

アリスには、あまり重要《じゅうよう》な仕事《しごと》は回《まわ》ってこない。

人手《ひとで》の足《た》りないところを手伝《てつだ》う雑用係《ざつようがかり》である。

「赤妃《あかひ》さんは出演《しゅつえん》しないので？」

役割《やくわり》が決まった時《とき》、アリスは不思議《ふしぎ》に思《おも》ってリリカに尋《たず》ねた。

目立《めだ》つことが大好《だいす》きなリリカなら、絶対《ぜったい》にヒロイン役《やく》に名乗《なの》り出《で》ると思《おも》ったのだ。

「い～ところに気《き》がつきましたわね、庶民《しょみん》！　もちろん！　響様《ひびきさま》の相手役《あいてやく》にふさわしいのは、この超絶《ちょうぜつ》セレブの私《わたし》だけ！　それは揺《ゆ》るがぬ真実《しんじつ》ですわ！」

リリカは胸《むね》を張《は》って答《こた》えてから、顔《かお》をしかめてささやくように続《つづ》ける。

「……けれど、脚本《きゃくほん》が計太《けいた》でしょう？　嫌《いや》な予感以外《よかんいがい》しませんのよ」

計太《けいた》は自分《じぶん》から脚本書《きゃくほんが》きに立候補《りっこうほ》したのだから、それほどひどいことにならないだろう、とアリスは思《おも》う。

だが、リリカの予想《よそう》はどうやら違《ちが》うらしい。

「という訳《わけ》で、この私《わたし》は今回《こんかい》、演出《えんしゅつ》に回《まわ》ることにしましたの！　つまり監督《かんとく》！　監督《かんとく》といえば、舞台《ぶたい》の上《うえ》では神《かみ》も同然《どうぜん》！」

リリカはここでバンッと机《つくえ》を叩《たた》いた。

「ハリウッド・スターの名誉《プライド》にかけて、最高《さいこう》の舞台《ぶたい》にしてみせますわよ！」

で、目下《もっか》のところ。

「はい、そこ！　急《いそ》ぎなさい！　そっちのあなた！　大型《おおがた》スピーカーの手配《てはい》は済《す》みましたの!?」

リリカは劇《げき》の練習《れんしゅう》で体育館《たいいくかん》を使《つか》う許可《きょか》を取《と》ったり、照明《しょうめい》の位置《いち》や、音響《おんきょう》の準備《じゅんび》を確認《かくにん》したりで忙《いそが》しい。

雑用係《ざつようがかり》のアリスはといえば。

ギコ。

ノコギリを手《て》に、大道具《おおどうぐ》の手伝《てつだ》い。

ギコギコ。

背景《はいけい》に使《つか》う板《いた》を切《き》っているところである。

ギ……ギコ。

といっても、始《はじ》めてから30分《ぷん》でまだ2センチしか切《き》れていないので、役《やく》に立《た》っているかはかなり微妙《びみょう》だ。

（これはむしろ、妨害工作《ぼうがいこうさく》では？）

当《とう》のアリスがそう思《おも》い始《はじ》めた頃《ころ》。

「手《て》を貸《か》すよ」

悪戦苦闘《あくせんくとう》ぶりを見《み》た琉生《るい》がやってきて、アリスに声《こえ》をかけた。

「シナリオ、まだできていないみたいだし」

脚本担当《きゃくほんたんとう》の計太《けいた》は現在《げんざい》、図書室《としょしつ》にこもり、ウンウンうなりながら執筆中《しっぴつちゅう》。

計太本人《けいたほんにん》に聞《き》いたところ、タイトルは『ミュージカル桃太郎《ももたろう》』（仮《かり》）だそうだ。

「マイアミのお仕事《しごと》はどうでした？」

アリスは真《ま》っ赤《か》になった手《て》をノコギリから離《はな》し、申《もう》し訳《わけ》なさそうに琉生《るい》に渡《わた》す。

琉生《るい》は試験《しけん》の初日《しょにち》には帰《かえ》ってきていたけれど、アリスは試験《しけん》が終《お》わってからずっと居残《いのこ》り学習《がくしゅう》だった。だからこのところ、ろくに話《はなし》ができていなかったのだ。

「あ、うん。……うまくいったよ」

琉生《るい》はいつもと同《おな》じ、さわやかな笑顔《えがお》で頷《うなず》く。

すると、そこに。

「響君《ひびきくん》！　こっちこっち！　桃太郎《ももたろう》の衣装《いしょう》の採寸《さいすん》があるんだから！」

衣装係《いしょうがかり》の女子《じょし》のひとりがやってきて、琉生《るい》の腕《うで》をつかんだ。

「……ごめんね、夕星《ゆうずつ》さん。あとで」

琉生《るい》は済《す》まなそうにアリスにノコギリを返《かえ》すと、衣装係《いしょうがかり》が作業《さぎょう》をしている教室《きょうしつ》の隅《すみ》へと引《ひ》っ張《ぱ》られていった。

琉生《るい》がサイズを測《はか》られている隣《となり》では――。

「ねえねえ！　ボクって、特殊《とくしゅ》メイクとかしなくていいのかなあ？」

スポーツ万能女子《ばんのうじょし》の碇山憩《いかりやまいこい》――満場一致《まんじょういっち》でサル役《やく》に決定《けってい》した――が、同《おな》じ女子《じょし》サッカー部《ぶ》の衣装係《いしょうがかり》に聞《き》いていた。

「あんた、サルならそのままでいけるから大丈夫《だいじょうぶ》」

女子《じょし》サッカー部《ぶ》の子《こ》が、太鼓判《たいこばん》を押《お》したその時《とき》。

「平良《たいら》さん、熱《ねっ》が出《で》て早退《そうたい》だってよ」

男子《だんし》のひとりが職員室《しょくいんしつ》から駆《か》け戻《もど》ってきて、衣装係《いしょうがかり》のみんなに告《つ》げた。

「2、3日《にち》、休《やす》むかもって」

男《おとこ》の子《こ》は続《つづ》ける。

「え～、困《こま》ったなあ」

「平良《たいら》がいないんじゃ、文化祭当日《ぶんかさいとうじつ》までに衣装《いしょう》が間《ま》に合《あ》うかどうか微妙《びみょう》だよ」

衣装担当《いしょうたんとう》の子《こ》たちは頭《あたま》を抱《かか》える。

平良《たいら》さんはクラスで一番《いちばん》、家庭科《かていか》が得意《とくい》な女子《じょし》。趣味《しゅみ》がコスプレで、家《いえ》でもずっとゲームのキャラクターなどの衣装《いしょう》を作《つく》っているらしいとの噂《うわさ》もある。

「……間《ま》に合《あ》うかも、知《し》れません」

アリスがノコギリを持《も》った手《て》を止《と》めて、衣装係《いしょうがかり》の子《こ》たちに声《こえ》をかける。

「腕《うで》が良《よ》くて仕事《しごと》が早《はや》い仕立屋《したてや》さんが、知《し》り合《あ》いにいるのです」

「頼《たの》めるの!?　予算《よさん》、ギリギリなんだけど!?」

女子《じょし》のひとりが、ガッとアリスの肩《かた》をつかんだ。

「たぶん」

アリスは頷《うなず》く。

「ほんと!?」

「すっごい助《たす》かる！」

衣装係《いしょうがかり》の子《こ》たちは、アリスを囲《かこ》んで期待《きたい》に瞳《ひとみ》を輝《かがや》かせた。

アリスがこれほどクラスのみんなに期待《きたい》されたことがあったであろうか？

確実《かくじつ》に、ない。

「じゃあ、これが響君《ひびきくん》のサイズね。他《ほか》の連中《れんちゅう》のサイズは、かなり適当《てきとう》でもいいからさ」

さっきアリスの肩《かた》をつかんだ女子《じょし》が、採寸《さいすん》のメモをアリスに渡《わた》す。

「俺《おれ》たちの扱《あつか》いって……」

「泣《な》くな～！」

窓際《まどぎわ》で、キジ役《やく》とイヌ役《やく》の男子《だんし》が肩《かた》を落《お》としている。

「では、ちょっと行《い》ってきます」

アリスは教室《きょうしつ》の外《そと》へと向《む》かいかけたが、扉《とびら》のところでクルリと向《む》きを変《か》えて戻《もど》り、衣装《いしょう》係《がかり》のみんなに聞《き》いた。

「衣装《いしょう》のデザイン、見本《みほん》があればありがたいです」

「これでどう？」

女《おんな》の子《こ》のひとりが、図書室《としょしつ》から借《か》りてきた桃太郎《ももたろう》の絵本《えほん》をアリスに手渡《てわた》す。

「じゃあ、行《い》ってきます」

アリスは絵本《えほん》を抱《かか》えて人気《ひとけ》のないところまで移動《いどう》すると、ポシェットから鏡《かがみ》を取《と》り出《だ》した。

「鏡《ミラー》よ、鏡《ミラー》」

アリスが鏡《かがみ》の表面《ひょうめん》に触《ふ》れると――。


次《つぎ》の瞬間《しゅんかん》、アリスは鏡《かがみ》の国《くに》にいた。

「アリス・リドル、登場《エンター、アリス・リドル》」

例《れい》によってアリスの体《からだ》は、鏡《かがみ》が星《ほし》のようにきらめく空間《くうかん》に浮《う》かんでいる。

アリスが鏡《かがみ》の国《くに》に来《き》たのは、ハンプティ・ダンプティに会《あ》うためだ。

ハンプティ・ダンプティはアリスの友《とも》だちで、鏡《かがみ》の国《くに》の天才仕立屋《てんさいテイラー》。タマゴのような体《からだ》に細《ほそ》い手足《てあし》という不思議《ふしぎ》な姿《すがた》だが、どんな服《ふく》でもあっという間《ま》に作《つく》ってくれる。

ただ、鏡《かがみ》の国《くに》は広《ひろ》いので、会《あ》いたい時《とき》に会《あ》えるかどうかは分《わ》からない。

「まずはどこから探《さが》しましょうか？」

アリスがそうつぶやいたところで。

「ひょひょひょ〜」

聞《き》き覚《おぼ》えのある声《こえ》が、どこか遠《とお》くから聞《き》こえてきた。

「？」

アリスはあたりを見回《みまわ》す。

「ひょひょひょ〜」は、どうやら右斜《みぎなな》め下《した》の方《ほう》から聞《き》こえてくるようだ。

「この声《こえ》、もしかすると？」

足元《あしもと》に目《め》をやると、こちらに向《む》かって、何《なに》か丸《まる》いものが落《お》ちてくるのが見《み》えた。

右斜《みぎなな》め下《した》から落《お》ちてくる、というのはずいぶん変《へん》な気《き》がする。けれど実際《じっさい》、落《お》ちてくるような感《かん》じでこちらにやってくるのだから仕方《しかた》がない。

「ハンプティ・ダンプティ？」

どんどん大《おお》きくなってくる、丸《まる》いもの。

アリスはそれが、仕立屋《テイラー》のハンプティ・ダンプティであることに気《き》がついた。

「ひょひょひょひょ〜！」

このあたりには、グランド・ピアノとか、薪《まき》、ストーブとか、手漕《てこ》ぎのボートとか、ぶつかったらただでは済《す》まないものが結構《けっこう》浮《う》いている。

「……ととと」

アリスはあわてて手《て》を伸《の》ばし、ハンプティ・ダンプティがサボテンの植木鉢《うえきばち》と衝突《しょうとつ》する寸前《すんぜん》で受《う》け止《と》めた。

「ふう〜、割《わ》れるかと思《おも》った」

ハンプティ・ダンプティはアリスの腕《うで》の中《なか》で、額《ひたい》の冷《ひ》や汗《あせ》をぬぐう。

「こんにちは」

アリスは挨拶《あいさつ》した。

「やあ、アリス！　助《たす》かったよ〜」

ハンプティ・ダンプティはウインクした。

「お城《しろ》のフラミンゴがボクのことを、自分《じぶん》の子供《タマゴ》と間違《まちが》えちゃってさ〜。逃《に》げようとしたんだけど、途中《とちゅう》で落《お》っことされちゃったんだよ。アリスは命《いのち》の恩人《おんじん》だね」

「お役《やく》に立《た》てて、何《なに》よりです。さっそくですが」

アリスは切《き》り出《だ》す。

「学芸会《がくげいかい》……ではなく、文化祭《ぶんかさい》で使《つか》う衣装《いしょう》をお願《ねが》いしたいのですが？」

「ブンカチャイ？」

「文化祭《ぶんかさい》。試験《しけん》が終《お》わったことをお祝《いわ》いするお祭《まつ》りです」

説明《せつめい》、けっこ〜適当《てきとう》である。

「へえ〜。で、そのブンカサイとやらで着《き》る衣装《いしょう》が欲《ほ》しいんだ？」

ハンプティ・ダンプティは自分《じぶん》の出番《でばん》とばかりにニヤリと笑《わら》う。

「はい。といっても、私《わたし》が着《き》る訳《わけ》ではないのですが」

アリスは頷《うなず》き、絵本《えほん》と採寸《さいすん》のメモを渡《わた》した。

「モモタローとサルとイヌとキジとオニ、かあ？　……特《とく》にモモタロー、けっこ〜凝《こ》ったデザインだねえ。数《かず》も多《おお》いし、ちょっと時間《じかん》がかかるかも知《し》れないけど、いい？」

「構《かま》いません」

鏡《かがみ》の国《くに》では、時間《じかん》の流《なが》れが外《そと》の世界《せかい》と比《くら》べてかなり遅《おそ》い。

こちらで数日《すうじつ》過《す》ごしたとしても、外《そと》ではほんの一瞬《いっしゅん》なのである。

「それじゃ、始《はじ》めるかな。カモ～ン、フレンズ！」

ハンプティ・ダンプティがパチンと指《ゆび》を鳴《な》らすと、どこからともなくハサミと糸《いと》、針《はり》、
それに布地《ぬのじ》がやってきた。

「レッツ・プレイ・コ～カス・ダ～ンス！」

ハンプティ・ダンプティの声《こえ》を合図《あいず》に、布《ぬの》や糸《いと》や針《はり》が円《えん》を描《えが》いて踊《おど》り出《だ》す。

「コ～カス・ダンス、コ～カス・ダ～ンス！　あなたもわたしもコ～カス・ダ～ンス！」

アリスがボ～ッと横《よこ》で見《み》ている間《あいだ》に、衣装《いしょう》がどんどん完成《かんせい》してゆく。

「これなら、文化祭《ぶんかさい》までに間《ま》に合《あ》うかも知《し》れません」

アリスがホッとしたその時《とき》。

ごつん！

頭上《ずじょう》から、いきなり地面《じめん》が現《あらわ》れた。

「…………痛《いた》ひ」

脳天《のうてん》を強烈《きょうれつ》に打《う》ちつけて、アリスは涙目《なみだめ》になった。

「お～、危《あぶ》ない、危《あぶ》ない」

器用《きよう》に衝突《しょうとつ》を避《さ》けたハンプティ・ダンプティは無事《ぶじ》だ。

鏡《かがみ》の国《くに》の地面《じめん》はとっても気《き》まぐれ。

たいてい、どこにいるのか分《わ》からない。だからアリスはいつも、地面《じめん》の好物《こうぶつ》であるヒマワリの種《たね》を使《つか》って呼《よ》び寄《よ》せているのである。

でも今回《こんかい》は、ヒマワリの種《たね》はポシェットに入《い》れたまま。

地面《じめん》は呼《よ》んでもいないのに、勝手《かって》にやってきたようである。

「ここは？」

アリスはまわりを観察《かんさつ》した。

今《いま》、立《た》っている場所《ばしょ》は、深《ふか》い森《もり》の中《なか》の黄色《きいろ》い道《みち》の上《うえ》。

しゃがんで触《さわ》ってみると、この道《みち》がレンガでできていることが分《わ》かる。

「……？」

レンガに触《ふ》れている指先《ゆびさき》から、アリスはかすかな振動《しんどう》を感《かん》じ取《と》った。

顔《かお》を上《あ》げると、右手《みぎて》から2頭立《とうだ》ての馬車《ばしゃ》が1台《だい》、土煙《つちけむり》を上《あ》げながら走《はし》ってくるのが見《み》える。見《み》る見《み》るうちに近《ちか》づいてきたその馬車《ばしゃ》は、車輪《しゃりん》をきしませてアリスたちの前《まえ》で急停止《きゅうていし》した。

アリスが呆気《あっけ》に取《と》られていると、馬車《ばしゃ》の扉《とびら》が開《あ》き、誰《だれ》かが降《お》りてきた。ヨーロッパの歴史映画《れきしえいが》から、飛《と》び出《だ》してきたような格好《かっこう》の人《ひと》だ。

「彼《かれ》、従僕《フットマン》だね」

ハンプティ・ダンプティが教《おし》えてくれる。

従僕《じゅうぼく》というのは、貴族《きぞく》の屋敷《やしき》で働《はたら》く世話係《せわがかり》のような人《ひと》のこと。いわれてみれば、澄《す》ました態度《たいど》がどこか貴族《きぞく》の家来《けらい》っぽい。ただこの従僕《じゅうぼく》、歴史映画《れきしえいが》で見《み》る従僕《じゅうぼく》とはちょっと違《ちが》うところがあった。頭《あたま》の部分《ぶぶん》だけが、まったくの魚《さかな》なのだ。

(フナとかタイ、それともブリでしょうか?)

アリスはあまり魚類《ぎょるい》にはくわしくないから、断言《だんげん》はできない。ただ、ウナギやイトマキエイ、ホオジロザメ、タツノオトシゴでないことだけは確《たし》かである。

「失礼《パルドン》。アリス・アリス・リドル嬢《ミス・アリス・リドル、アイ・プリジューム》であられますな？」

魚《さかな》の従僕《じゅうぼく》は咳払《せきばら》いして尋《たず》ねた。どこを見《み》ているか分《わ》からない目《め》が、ちょっと怖《こわ》い。

「はい」

失礼《しつれい》があってはいけないと思《おも》い、アリスはスカートの端《はし》をつまんでお辞儀《じぎ》をする。

「白《しろ》の女王陛下《じょおうへいか》から、アリス・リドル嬢《じょう》へ。ティーパーティの招待状《しょうたいじょう》でございます」

魚《さかな》の従僕《じゅうぼく》は、赤《あか》い蝋《ろう》で封《ふう》をされた封筒《ふうとう》を差《さ》し出《だ》した。

開《ひら》いてみると、中《なか》に入《はい》っていたのは招待状《しょうたいじょう》。

そこにはこう書《か》かれていた。

招待状《しょうたいじょう》

本日《ほんじつ》、水晶宮《すいしょうきゅう》にて
白《しろ》の女王陛下《じょおうへいか》主催《しゅさい》のティーパーティ
参加拒否《さんかきょひ》は許《ゆる》されない

「では」

魚《さかな》の従僕《じゅうぼく》は、ペコリとお辞儀《じぎ》をすると、馬車《ばしゃ》に乗《の》って来《き》た道《みち》を戻《もど》っていった。

「……行《い》かなくてはいけないでしょうか？」

馬車《ばしゃ》が見《み》えなくなると、アリスはハンプティ・ダンプティに尋《たず》ねる。

「行《い》ってきたら？　その間《あいだ》に衣装《いしょう》を仕上《しあ》げておくからさ」

ハンプティ・ダンプティはお気楽《きらく》な調子《ちょうし》で答《こた》えた。

「でも、ティーパーティなど出《で》たことがないので、マナーとかに自信《じしん》が……」

自信《じしん》がないことにかけては、大《おお》いに自信《じしん》があるアリスでも、よく知《し》っているティーパーティのマナーがひとつある。

それは、お茶《ちゃ》をいただくカップは、持《ハン》ち手《ドル》に指《ゆび》を通《とお》してはいけないということ。正式《せいしき》なティーパーティではハンドルはつまむようにして持《も》たなくてはいけない。

どうしてアリスがそれを知《し》っているかというと、前《まえ》にリリカの家《いえ》に招待《しょうたい》された時《とき》に、リリカに習《なら》ったのだ。慣《な》れない手《て》つきで言《い》われたとおりにカップを持《も》とうとして、熱《あつ》いお茶《ちゃ》をひざにバチャッとこぼしたから、忘《わす》れようにも忘《わす》れられないのである。

「大丈夫《だいじょうぶ》、大丈夫《だいじょうぶ》～。マナーなんてさ、隣《となり》に座《すわ》っている人《ひと》の真似《まね》でもしてればごまかせるって。けど、隣《となり》が三月《さんがつ》ウサギだったら、真似《まね》するのはやめといた方《ほう》がいいかもね。あいつ、前《まえ》にいっしょにお茶《ちゃ》した時《とき》、ヤマネのしっぽでカップをかき回《まわ》してたから」

ハンプティは助言《じょげん》する。

「ですが……」

それでもアリスが迷《まよ》っていると、ハンプティ・ダンプティは続《つづ》けた。

「ドレスはボクが用意《ようい》するしさ。実《じっ》は前《まえ》に君《きみ》のために作《つく》っておいた、と～っておきのパーティ用《よう》ドレスがあるんだよ」

「本当《ほんとう》ですか？」

「ほんとほんと～。だから、いつものように着替《きが》えてみてよ」

「……いつものように、というと？」

アリスの顔《かお》が強《こわ》ばる。

「決《き》まってるでしょ？　ワンダー・チェンジだよ」

ハンプティ・ダンプティが仕立《した》てた服《ふく》は、「ワンダー・チェンジ」と唱《とな》えることで一瞬《いっしゅん》で着《き》ることができる。

アリスとしては、恥《は》ずかしい台詞《せりふ》を口《くち》にするくらいなら、普通《ふつう》に着替《きが》えたいところなのだが。

「うう……ワンダー・チェンジ」

アリスは仕方《しかた》なく唱《とな》えた。

すると。

柔《やわ》らかな銀色《ぎんいろ》の光《ひかり》が全身《ぜんしん》を包《つつ》み込《こ》んだ。

そして、その光《ひかり》がふいに消《き》えたかと思《おも》うと――、

「すてきです」

自分《じぶん》がまとっているドレスを見《み》て、アリスは息《いき》をのんだ。

肩《かた》のところがふんわりとした、パフ・スリーブという形《かたち》になっていて、スカートの部分《ぶぶん》には七色《なないろ》の宝石《ほうせき》がちりばめられていた。

手《て》にはフリルのついた日傘《パラソル》。

帽子《ぼうし》はつばが広《ひろ》い、優雅《ゆうが》なデザインになっている。

「ちなみに、その帽子《ぼうし》とパラソルを作《つく》ったのは帽子屋《ぼうしや》だよ」

と、ハンプティ・ダンプティ。

帽子屋《ぼうしや》というのは、鏡《かがみ》の国《くに》の不思議《ふしぎ》アイテム・ショップの店長《てんちょう》のこと。

ハンプティ・ダンプティと同《おな》じく、アリスにいろいろと必要《ひつよう》なものを用意《ようい》してくれる友《とも》だちである。

「こちらもすてきです」

たくさんの人《ひと》が集《あつ》まるような場所《ばしょ》は苦手《にがて》なアリスだが、こんなドレスを着《き》られるのなら、行《い》ってもいいかなあと思《おも》えてきた。

「でしょ〜？」

ハンプティ・ダンプティは白《しろ》い手袋《てぶくろ》をした右手《みぎて》の親指《おやゆび》をグッと立《た》てる。

（あとで、帽子屋《ぼうしや》さんにお礼《れい》を言《い》わないといけませんね）

アリスがパラソルをクルクル回《まわ》して、そんなことを考《かんが》えていると――。

「……あやや、まただよ」

ハンプティ・ダンプティが、こちらに向《む》かって疾走《しっそう》してくる馬車《ばしゃ》の音《おと》に気《き》がついた。

先《さき》ほどの馬車《ばしゃ》とは反対方向《はんたいほうこう》からやってきた馬車《ばしゃ》は、やはりアリスたちの前《まえ》でキキ〜ッと停《と》まる。

今度《こんど》、降《お》りてきたのは——。

「公爵夫人《こうしゃくふじん》から、アリス・リドル嬢《じょう》へ、ティーパーティの招待状《しょうたいじょう》でございます」

巨大《きょだい》なカエルの頭《あたま》をした従僕《じゅうぼく》だった。

顔《かお》が緑《みどり》で、ヌラヌラッとしている、あのカエルである。

やっぱり、何《なに》を考《かんが》えているのか分《わ》からない目《め》が怖《こわ》い。

招待状《しょうたいじょう》

本日《ほんじつ》、公爵邸《こうしゃくてい》にて
公爵夫人主催《こうしゃくふじんしゅさい》のティーパーティ
参加拒否《さんかきょひ》は許《ゆる》されない

さっきのものと文面《ぶんめん》がほとんど同《おな》じ招待状《しょうたいじょう》を渡《わた》すと、カエルの従僕《じゅうぼく》はまた馬車《ばしゃ》に乗《の》り込《こ》んで帰《かえ》っていった。

「困《こま》りました」

これで招待状《しょうたいじょう》が2通《つう》である。

「あ〜、これは絶対《ぜったい》ワザとだねえ」

ハンプティ・ダンプティも、今回《こんかい》は額《ひたい》に手《て》を当《あ》てた。

「と言《い》いますと？」

「白《しろ》の女王《じょおう》と公爵夫人《こうしゃくふじん》。このふたり、すっごく仲悪《なかわる》いんだ」

ハンプティ・ダンプティは、左右《さゆう》の人差《ひとさ》し指《ゆび》を交差《こうさ》させた。

「だからたぶん、女王《じょおう》がティーパーティを開《ひら》くことを誰《だれ》かに聞《き》いて、嫌《いや》がらせのために急《いそ》いで自分《じぶん》も招待状《しょうたいじょう》を出《だ》したんだよ。みんなを女王《じょおう》の方《ほう》に参加《さんか》させないようにね」

「どちらかに出《で》るのなら、どちらかは断《ことわ》らないと」

アリスとしては、女王《じょおう》の方《ほう》に出《で》た方《ほう》がいいかなあと思《おも》う。

女王《じょおう》とは前《まえ》に会《あ》ったことがあるし、招待状《しょうたいじょう》も先《さき》に受《う》け取《と》っている。

公爵夫人《こうしゃくふじん》の方《ほう》は会《あ》ったこともなければ、名前《なまえ》を聞《き》くのも初《はじ》めてなのだ。

まあ、「公爵夫人《こうしゃくふじん》」というのは名前《なまえ》というより肩書《かたが》きだけど。

「じゃあ、こちらで」

アリスは女王《じょおう》からの招待《しょうたい》を受《う》けることにした。

「楽《たの》しんでおいで。ボクはその間《あいだ》にブンカチャイの衣装《いしょう》を作《つく》っておくよ」

と、ハンプティが——首《くび》がないので全身《ぜんしん》で——頷《うなず》いたその時《とき》。

「むう？　こちらでわしのことを呼《よ》ぶ声《こえ》が聞《き》こえたような気《き》がしたのだが？」

ガサゴソという音《おと》とともに、近《ちか》くの茂《しげ》みをかき分《わ》けるようにして何《なに》かが現《あらわ》れた。

鎧《よろい》をまとい、後《うし》ろ向《む》きに馬《うま》に乗《の》った背《せ》の高《たか》い老人《ろうじん》である。

体中《からだじゅう》に折《お》れた枝《えだ》や葉《は》っぱが山《やま》ほどくっついていたが、アリスは誰《だれ》だかすぐに気《き》がついた。

後《うし》ろ向《む》きに馬《うま》に乗《の》るような知《し》り合《あ》いは、ひとりしかいない。

白《しろ》の騎士《きし》である。

「おお、ピィーウィ・ゴンザレスと、ラタトゥーユ・ド・モンジョではないか？」

ふたりに気《き》がついた白《しろ》の騎士《きし》は、葉《は》っぱや枝《えだ》を手《て》で払《はら》い落《お》としながら、馬《うま》から下《お》りる。

「誰《だれ》がピィーウィですか？」

「誰《だれ》がラタトゥーユです？」

ハンプティ・ダンプティとアリスは、同時《どうじ》に突《つ》っ込《こ》んでいた。

「して、そなたらはここで何《なに》をしておる？」

白《しろ》の騎士《きし》は、ふたりの抗議《こうぎ》を聞《き》き流《なが》して尋《たず》ねる。

「実《じつ》はさ――」

ハンプティ・ダンプティが、ティーパーティのことを説明《せつめい》した。

すると。

「そなたはついておるぞ、メアリー・アン！　水晶宮《すいしょうきゅう》はこの騎士《きし》にとっては実家《じっか》のようなもの！　そなたを案内《あんない》してしんぜよう！」

白《しろ》の騎士《きし》はガッシリとアリスの肩《かた》をつかんだ。

「せっかくですが、道案内《みちあんない》はおそらく必要《ひつよう》ないと」

魚《さかな》の従僕《じゅうぼく》の馬車《ばしゃ》が去《さ》っていった方向《ほうこう》に目《め》を向《む》けると、キラキラ輝《かがや》くものが遠《とお》くに見《み》える。

たぶん、あれが水晶宮《すいしょうきゅう》だ。

「それから、私《わたし》はラタトゥーユでも、メアリー・アンでも——」

「これこれ、遠慮《えんりょ》はいらぬぞ！」

白《しろ》の騎士《きし》はアリスの言葉《ことば》など、ぜんぜん聞《き》いていなかった。

「では、いざ向《む》かわん！　水晶宮《すいしょうきゅう》に！」

白《しろ》の騎士《きし》は胸《むね》を張《は》り、ハンプティ・ダンプティにまたがろうとした。

「もう、ボクは馬《うま》じゃないって！」

ハンプティ・ダンプティは、転《ころ》がって何《なん》とか身《み》をかわす。

「……無事《ぶじ》に着《つ》ける気《き》がしなくなってきました」

大丈夫《だいじょうぶ》と思《おも》える要素《ようそ》が、何《なに》ひとつ見《み》つけられないアリスであった。


ちょっと歩《ある》けば着《つ》くように見《み》えた水晶宮《すいしょうきゅう》は、意外《いがい》と遠《とお》かった。

白《しろ》の騎士《きし》は馬《うま》、アリスは歩《ある》きで、森《もり》の中《なか》をてくてく進《すす》むが、いつまで経《た》っても水晶宮《すいしょうきゅう》が近《ちか》づいてくる気《き》がしない。

「ティーパーティに間《ま》に合《あ》うでしょうか？」

招待状《しょうたいじょう》に開始時間《かいしじかん》は書《か》いていなかったけれど、アリスはちょっと不安《ふあん》になってつぶやく。

「じゅ～ぶん間《ま》に合《あ》うぞ。この偉大《いだい》なる騎士《きし》が保証《ほしょう》する」

馬《うま》に後《うし》ろ向《む》きに乗《の》っている白《しろ》の騎士《きし》が、ヒゲをしごきながら頷《うなず》いてみせる。

「そうですか？」

アリスにはどうも信《しん》じられない。

「よいかな、メアリー・アン」

白《しろ》の騎士《きし》は人差《ひとさ》し指《ゆび》を立《た》てて、諭《さと》すような口調《くちょう》で言《い》った。

「このわしほど、お茶《ちゃ》の時間《じかん》にくわしい者《もの》はおらぬのじゃ。騎士《きし》たる者《もの》、いかなる時《とき》もお茶《ちゃ》の時間《じかん》を忘《わす》れてはならぬ。たとえ、ドラゴンと戦《たたか》っておる時《とき》でも、右手《みぎて》に槍《やり》、左手《ひだりて》に盾《たて》を構《かま》えながら、優雅《ゆうが》にお茶《ちゃ》をいただく余裕《よゆう》が必要《ひつよう》じゃからのう。お茶《ちゃ》のことなら、何《なん》でもこのわしに聞《き》くがよい」

「でしたら、正式《せいしき》なティーパーティでのマナーを教《おし》えてほしいです」

アリスは是非《ぜひ》とも聞《き》きたいことを聞《き》いてみる。

「左様《さよう》、一番大切《いちばんたいせつ》なマナーといえば――」

「といえば？」

「足《あし》でカップを持《も》ってはならぬということじゃ」

「……私《わたし》、足《あし》でカップは持《も》てません」

「それは残念《ざんねん》じゃな」

白《しろ》の騎士《きし》は肩《かた》をすくめた。

「ところで――」

アリスは自分《じぶん》の頭《あたま》の上《うえ》を指《ゆび》さした。

「何《なに》かのっていますか？」

さっきから何故《なぜ》か頭《あたま》が重《おも》いような感《かん》じがしていたのである。

落《お》ち込《こ》んでいるせいかと思《おも》ったけれど、それにしては重《おも》すぎである。

「おお！　そこにおるのは、ドーチェスター狸《たぬき》ではないか？」

アリスの頭《あたま》の上《うえ》を見《み》て、白《しろ》の騎士《きし》は言《い》った。見《み》えているのなら、もっと前《まえ》に教《おし》えてほしいものである。

「チェシャ猫《ねこ》だニャ」

頭《あたま》にのっていた何《なに》かは、黄色《きいろ》いレンガの道《みち》にシュトンと飛《と》び降《お》りて、背伸《せの》びをした。

まるまると太《ふと》った、しっぽの長《なが》い猫《ねこ》である。

「同《おな》じ方向《ほうこう》に行《い》くみたいだから、のせてもらったニャ」

猫《ねこ》はニタニタと笑《わら》った。

「初《はじ》めまして。アリス・リドルです」

アリスは礼儀《れいぎ》正《ただ》しく、スカートの端《はし》をつまんで一礼《いちれい》する。

ティーパーティの予行演習《よこうえんしゅう》のつもりだ。

「初《はじ》めましてニャ。チェシャ猫《ねこ》ニャ。アリス・リドル、三月《さんがつ》ウサギや帽子屋《ぼうしや》から、噂《うわさ》は聞《き》いているニャ」

猫《ねこ》は名乗《なの》った。

「猫《ねこ》さんもティーパーティに？」

アリスは尋《たず》ねる。

「招待《しょうたい》はされてニャいけど――」

チェシャ猫《ねこ》はまたニタニタ笑《わら》った。

「面白《おもしろ》そうだから行《い》ってみるニャ」

「面白《おもしろ》そうならいいです。私《わたし》はけっこ～気《き》が重《おも》くなっています」

変《へん》なことをやらかして、笑《わら》われたらどうしよう？

さっきからアリスの頭《あたま》の中《なか》は、そんな考《かんが》えでいっぱいになっているのだ。

（いっそこのまま、間《ま》に合《あ》わない方《ほう》が――）

と、アリスが思《おも》ったその時《とき》。

「着《つ》いたぞ、メアリー・アンよ」

急《きゅう》に森《もり》が開《ひら》けて、見上《みあ》げるくらいに大《おお》きな建物《たてもの》が現《あらわ》れた。

まぶしいくらいに輝《かがや》く、全部《ぜんぶ》がガラスでできた宮殿《きゅうでん》である。

宮殿《きゅうでん》の前《まえ》には広《ひろ》い庭《にわ》があり、正面《しょうめん》のアーチには――。


ワレモノ注意《ちゅうい》！

壊《こわ》したら弁償《べんしょう》

という看板《かんばん》がかけてあった。

「……ここに入《はい》って、何《なに》も壊《こわ》さない自信《じしん》がありません」

アリスはアーチをくぐるのをためらう。

だが。

「さて、このわしが席《せき》までエスコートしよう。わしが招待《しょうたい》されていないのは実《じっ》に残念《ざんねん》だが」

馬《うま》から下《お》りた白《しろ》の騎士《きし》が、アリスの手《て》を取《と》ってグイグイと庭《にわ》の方《ほう》へと引《ひ》っ張《ぱ》っていった。

（さすがに今回《こんかい》は事件《じけん》に巻《ま》き込《こ》まれないでしょうし――）

仕方《しかた》ないので、アリスは何《なん》とか自分《じぶん》に言《い》い聞《き》かせようとしたけれど。

「門《もん》を閉《と》じろ！」

「誰《だれ》も逃《に》がすな！」

「ここにいる全員《ぜんいん》が容疑者《ようぎしゃ》だ！」

「犯人《はんにん》を捜《さが》せ！」

白《しろ》く長《なが》いテーブルが置《お》かれた水晶宮《すいしょうきゅう》の庭《にわ》を、たくさんの白《しろ》の兵士《へいし》が走《はし》り回《まわ》っていた。

「普通《ふつう》にお茶《ちゃ》だと思《おも》っていたのに…………かなり落《お》ち込《こ》みます」

アリスは思《おも》わず座《すわ》り込《こ》みそうになった。

事件《じけん》はすでに起《お》きていたのである。

「楽《たの》しそうニャ」

チェシャ猫《ねこ》はしっぽを振《ふ》った。

「ぜんぜん、楽《たの》しそうじゃありません」

アリスは首《くび》を横《よこ》に振《ふ》る。

「メアリー・アン、そなたは探偵《たんてい》であったな？　前《まえ》にネズミのジャック強盗事件《ごうとうじけん》を解決《かいけつ》したことは、よ〜く覚《おぼ》えておるぞ。こんな時《とき》こそ、そなたの出番《でばん》じゃ」

白《しろ》の騎士《きし》がアリスの腕《うで》をつかんだ。

「え、あの……」

まず、メアリー・アンではなく、アリスである。

ネズミのジャック強盗事件《ごうとうじけん》ではなく、トカゲのビル消失事件《しょうしつじけん》である。

でも、アリスは訂正《ていせい》する間《ま》もなく、ティーパーティの主催者《しゅさいしゃ》である白《しろ》の女王《じょおう》の前《まえ》に引《ひ》っ張《ぱ》っていかれた。


女王《じょおう》と王様《おうさま》は、ティー・セットが並《なら》べられたテーブルの中央《ちゅうおう》の席《せき》に座《すわ》っていた。

「事態《じたい》は深刻《しんこく》じゃ、メアリー・アン」

白《しろ》の王様《おうさま》は、アリスのことを——名前《なまえ》は間違《まちが》っているけど——覚《おぼ》えていた。

「何《なに》が起《お》きたのです？」

ここまで来《く》れば、解決《かいけつ》するまで帰《かえ》れそうにない。

アリスはあきらめて、王様《おうさま》に聞《き》いた。

「なくなっておるのじゃよ！　紅茶《こうちゃ》の葉《は》が！」

「お茶《ちゃ》の葉《は》っぱ？」

アリスが呆《あき》れているのが、声《こえ》の調子《ちょうし》から感《かん》じ取《と》れたのだろう。

「セレンディップから運《はこ》ばせた、極上《ごくじょう》のセカンド・フラッシュであるぞ！」

女王《じょおう》が不機嫌《ふきげん》に付《つ》け加《くわ》える。

ちなみに、セカンド・フラッシュというのは、夏摘《なつづ》みの茶葉《ちゃば》のことである。

「これを見《み》るがいい」

王様《おうさま》は兵士《へいし》に命《めい》じ、大《おお》きな壷《つぼ》をアリスの前《まえ》まで運《はこ》ばせた。

高《たか》さがアリスの腰《こし》ぐらいまである陶器《とうき》の壷《つぼ》だ。

ふたりがかりで運《はこ》んできた壷《つぼ》のふたを王様《おうさま》が開《あ》けると、中《なか》は空《から》っぽ。底《そこ》の方《ほう》にほんの少《すこ》し、黒《くろ》い粉《こな》があるだけだ。

(この粉《こな》は?)

アリスは眉《まゆ》をひそめた。

「ついさっきまで、この壷《つぼ》のふたのところまでいっぱいの茶葉《ちゃば》があったのじゃ」

女王《じょおう》が重々《おもおも》しく証言《しょうげん》したその時《とき》。

「陛下《へいか》!」

息《いき》を切《き》らして走《はし》ってきて、ユニコーンとライオンが女王《じょおう》の前《まえ》にひざまずいた。

この2頭《とう》は、鏡《かがみ》の国《くに》の——あまり当《あ》てにならない——刑事《けいじ》。前《まえ》に白《しろ》の騎士《きし》に聞《き》いたのだが、この2頭《とう》は犬猿《けんえん》の仲《なか》、いや、一角獣獅子《いっかくじゅうしし》の仲《なか》なのだ。

「私《わたし》の方《ほう》が先《さき》に着《つ》いたぞ」

「いいや、私《わたし》だ」

2頭《とう》はさっそく、いがみ合《あ》う。

「ご安心《あんしん》ください、陛下《へいか》。私《わたし》は犯人《はんにん》を17人捕《にんつか》まえてまいりました」

ユニコーン刑事《けいじ》が澄《す》ました顔《かお》で一礼《いちれい》する。

「甘《あま》いな。私《わたし》は21人捕《にんつか》まえてきたぞ」

隣《となり》のライオン刑事《けいじ》が牙《きば》を見《み》せてニヤリと笑《わら》った。

「くっ！」

ユニコーン刑事《けいじ》は悔《くや》しそうにブルルッと唇《くちびる》を震《ふる》わせる。

「……普通《ふつう》、捜査《そうさ》をしてから容疑者《ようぎしゃ》を捕《つか》まえるのでは？」

アリスは思《おも》わず突《つ》っ込《こ》んでしまった。

「順番《じゅんばん》にこだわっていては、いい仕事《しごと》などできんぞ？」

ライオン刑事《けいじ》はたてがみ頭《あたま》を横《よこ》に振《ふ》る。

「そのとおり。頭《あたま》を柔軟《じゅうなん》にしたまえ」

と、ユニコーン刑事《けいじ》。

こういう時《とき》だけ、2頭《とう》の意見《いけん》はピッタリ合《あ》うようだ。

「ところで壷《つぼ》の底《そこ》に何《なに》か残《のこ》っているのですが――」

2頭《とう》は放《ほう》っておくことにして、アリスは捜査《そうさ》を開始《かいし》する。

「これは……へくちん！　コショウの……へくちん！　ようです……へくちん！　な……へくちん！」

壷《つぼ》に顔《かお》を突《つ》っ込《こ》んだ白《しろ》の騎士《きし》が、涙目《なみだめ》になってクシャミを連発《れんぱつ》した。

「コショウ!?　今《いま》、コショウとお言《い》いだね！」

女王《じょおう》は椅子《いす》をガタンと鳴《な》らして立《た》ち上《あ》がった。

「やっぱりだ！　分《わ》かっておったわ！　公爵夫人《こうしゃくふじん》を捕《と》らえ、あの邪魔《じゃま》な首《くび》をはねよ！」

女王《じょおう》は2頭《とう》の刑事《けいじ》に命《めい》じる。

「ははっ！　ではさっそく連行《れんこう》してまいります！」

「私《わたし》が連行《れんこう》する！」

ライオン刑事《けいじ》とユニコーン刑事《けいじ》が、先《さき》を争《あらそ》うように水晶宮《すいしょうきゅう》をあとにした。

「面白《おもしろ》いことになるニャ」

チェシャ猫《ねこ》がしっぽを振《ふ》りながらニタニタと笑《わら》った。


しばらくして。

「さあ、こっちだ！」

「さっさと歩《ある》け！」

ライオン刑事《けいじ》とユニコーン刑事《けいじ》が、背《せ》は低《ひく》いけれど、頭《あたま》がとても大《おお》きな女《おんな》の人《ひと》を引《ひ》っ張《ぱ》ってきた。

しかめっ面《つら》をしたこの人《ひと》が、公爵夫人《こうしゃくふじん》なのだろう。

高級《こうきゅう》そうな服《ふく》を着《き》て、角《つの》がついたような面白《おもしろ》い帽子《ぼうし》をかぶっている。

(鬼《おに》ケ島《がしま》の鬼《おに》みたいです)

アリスは思《おも》ったが、もちろんそんな感想《かんそう》を口《くち》にしたりはしない。

「ふん」

公爵夫人《こうしゃくふじん》はアリスをチラリと見《み》て、鼻《はな》を鳴《な》らした。

「公爵夫人《こうしゃくふじん》、こちらはメアリー・アンじゃ」

白《しろ》の騎士《きし》が紹介《しょうかい》してくれるが、例《れい》によって間違《まちが》っている。

「私《わたし》、メアリー・アンじゃ――」

訂正《ていせい》しようとするアリスの声《こえ》は、女王《じょおう》の声《こえ》にさえぎられた。

「わらわの紅茶《こうちゃ》を返《かえ》すのじゃ！　忌々《いまいま》しい意地悪女《いじわるおんな》め！」

「突然《とつぜん》、こんなところに連《つ》れてくるなんて、どういうつもりだい？　そんなにあたしのティーパーティを邪魔《じゃま》したかったのかい？」

公爵夫人《こうしゃくふじん》はせせら笑《わら》った。

「お、面白《おもしろ》いニャ」

ついでにチェシャ猫《ねこ》もニタニタと笑《わら》う。

「空々《そらぞら》しいぞ、公爵夫人《こうしゃくふじん》！　わらわのティーパーティを台無《だいな》しにしたのは、そなたであろう!?」

女王《じょおう》の声《こえ》が1オクターブほど甲高《かんだか》くなる。

「はあ？」

公爵夫人《こうしゃくふじん》は何《なん》のことか分《わ》からない、というように肩《かた》をすくめた。

「そなたは我《わ》が后《きさき》のティーパーティ用《よう》の茶葉《ちゃば》が消《き》えたことを、知《し》らぬと言《い》うのか？」

と、王様《おうさま》。

「……ほう、そりゃずいぶんと面白《おもしろ》いことになっているみたいじゃないか？　みんな、あんたのまずい茶《ちゃ》を飲《の》まずに済《す》んで、ホッとしてるだろうよ」

公爵夫人《こうしゃくふじん》はお腹《なか》を抱《かか》えて笑《わら》い出《だ》す。

「何《なん》とふてぶてしい！」

女王《じょおう》はテーブルの上《うえ》にあったフォークをつかむとグニャリと曲《ま》げた。

「そりゃこっちの台詞《せりふ》だよ」

公爵夫人《こうしゃくふじん》がプイと横《よこ》を向《む》いたので、横《よこ》のユニコーン刑事《けいじ》の頭《あたま》に帽子《ぼうし》の角《つの》が命中《めいちゅう》した。

「ぐはあっ！」

ユニコーン刑事《けいじ》は、白目《しろめ》をむいてひっくり返《かえ》る。

「まだ、公爵夫人《こうしゃくふじん》が犯人《はんにん》だと決《き》まった訳《わけ》では……」

アリスはおそるおそる、女王《じょおう》に声《こえ》をかけた。

「あやつめに決《き》まっておる！　壷《つぼ》のコショウが動《うご》かぬ証拠《しょうこ》！　あの女《おんな》のコショウ好《ず》きを知《し》らぬ者《もの》はおるまい！」

「うむ。我《わ》が后《きさき》は常《つね》に正《ただ》しい」

女王《じょおう》と比《くら》べて影《かげ》が薄《うす》い王様《おうさま》が頷《うなず》く。

「あたしじゃない」

公爵夫人《こうしゃくふじん》は首《くび》を横《よこ》に振《ふ》った。

「ほげっ！」

今度《こんど》はライオン刑事《けいじ》が、帽子《ぼうし》の角《つの》に倒《たお》される。

「本当《ほんとう》に犯人《はんにん》なら、そんなに分《わ》かりやすい証拠《しょうこ》を残《のこ》すでしょうか？」

アリスは辛抱強《しんぼうづよ》く尋《たず》ねた。

「そこがあの女《おんな》めの愚《おろ》かなところよ。そなたはもう良《よ》い、下《さ》がっておれ」

女王《じょおう》は聞《き》く耳《みみ》を持《も》たなかった。

「さあ！　裁判《さいばん》じゃ！　公爵夫人《こうしゃくふじん》の首《くび》をはねるぞ！」

どうやらここは、パーティ会場《かいじょう》から裁判所《さいばんしょ》に早変《はやが》わりするらしい。

女王《じょおう》の命令《めいれい》で、兵士《へいし》たちがテーブルを片《かた》づけ、裁判官《さいばんかん》と陪審員《ばいしんいん》の席《せき》を並《なら》べ始《はじ》めた。

（これだけのお茶《ちゃ》を、わずかな時間《じかん》で誰《だれ》にも見《み》られずに運《はこ》び出《だ》せるでしょうか？）

アリスはその場《ば》に放《ほ》ったらかしになっている壷《つぼ》を、外側《そとがわ》から中《なか》までよく調《しら》べてみる。

（…………もしかすると）

アリスはスマートフォンを取《と》り出《だ》すと、アイテム・ショップをやっている帽子屋《ぼうしや》にメッセージを送《おく》った。

帽子屋《ぼうしや》さん
突然《とつぜん》ですが、厚紙《あつがみ》とハサミ、それとお茶《ちゃ》の葉《は》を少《すこ》し、用意《ようい》してほしいのですが

アリス

追伸《ついしん》　帽子《ぼうし》とパラソル、すてきでした
ありがとうございます

返事《へんじ》はすぐに来《き》た。

ハロー、アリス
君《きみ》は今《いま》、水晶宮《すいしょうきゅう》にいるみたいだね
ちょっと待《ま》ってて
すぐに送《おく》るから

帽子屋《ぼうしや》

追伸《ついしん》　帽子《ぼうし》、気《き》に入《い》ってくれてうれしいよ

言《い》われたとおりに待《ま》っていると、４頭立《とうだ》ての黒《くろ》い馬車《ばしゃ》がやってきて、アリスの目《め》の前《まえ》で停《と》まった。誰《だれ》も乗《の》っていないが、後《うし》ろの座席《ざせき》の上《うえ》にはリボンのついたハサミと厚紙《あつがみ》、麻袋《あさぶくろ》に入《はい》った茶葉《ちゃば》が置《お》いてある。
先祖《せんぞ》が『時間《じかん》』と喧嘩《けんか》したせいで、帽子屋《ぼうしや》は『今《いま》』という時間《じかん》から追《お》い出《だ》されてしまった。だから『今《いま》』、アリスは帽子屋《ぼうしや》と会《あ》うことができないけれど、こうやって商品《しょうひん》をもらうことはできるのだ。

ありがとうございました

アリスはメッセージを送《おく》り、ハサミと厚紙《あつがみ》、茶葉《ちゃば》が置《お》かれていた座席《ざせき》の上《うえ》に、アイテム・ショップのポイント・カードを置《お》いた。アリスが少《すこ》しだけ目《め》を離《はな》すと、ポイント・カードにはいつの間《ま》にかスタンプが押《お》されている。

「それでは試《ため》してみましょう」

アリスはそうつぶやくと、厚紙《あつがみ》を切《き》り始《はじ》めた。

「それでは、判決《はんけつ》を――」

裁判《さいばん》は判決《はんけつ》から始《はじ》まろうとしていた。

王様《おうさま》が木槌《きづち》を振《ふ》り上《あ》げて、公爵夫人《こうしゃくふじん》の有罪《ゆうざい》を告《つ》げようとしたところに。

「待《ま》ってください。犯人《はんにん》は別《べつ》にいます」

アリスがやってきて、女王《じょおう》に言《い》った。

「ほう、証拠《しょうこ》は？」

女王《じょおう》は意地悪《いじわる》く笑《わら》う。

「証拠《しょうこ》もあります。騎士《きし》さん」

「承知《しょうち》した」

白《しろ》の騎士《きし》が壷《つぼ》を持《も》ってきて、みんなの前《まえ》に置《お》いた。

「犯人《はんにん》は誰《だれ》かニャ～」

チェシャ猫《ねこ》はニタニタ笑《わら》いをやめることなく、みんなの様子《ようす》をながめている。

「犯人《はんにん》はあなたも知《し》っているはずですよ、猫《ねこ》さん」

アリスはチェシャ猫《ねこ》を振《ふ》り返《かえ》った。

「だって、あなたですから」

「ニャンと！」

チェシャ猫《ねこ》は背中《せなか》の毛《け》を逆立《さかだ》てた。

「ヌレギヌにゃ！　洗剤《せんざい》にゃ！」

洗剤《せんざい》ではなく、冤罪《えんざい》である。

「そもそもニャ！　パーティで使《つか》うた〜くさんの茶葉《ちゃば》を、このか弱《よわ》い小《ちい》さな肉球《にくきゅう》でど〜やって運《はこ》ぶニャ⁉」

チェシャ猫《ねこ》は前足《まえあし》を見《み》せて訴《うった》えた。

「一度《いちど》では無理《むり》ですね」

アリスは頷《うなず》いてから続《つづ》ける。

「でも、時間《じかん》をかけて少《すこ》しずつ何度《なんど》も何度《なんど》も盗《ぬす》んだら？」

「うぉっほん、失礼《しつれい》だが――」

と、口《くち》を挟《はさ》んだのはライオン刑事《けいじ》だ。

「パーティが開《ひら》かれる直前《ちょくぜん》まで、壺《つぼ》の中《なか》には茶葉《ちゃば》がいっぱいに詰《つ》まっていた、という証言《しょうげん》がある。何度《なんど》も何度《なんど》も時間《じかん》をかけて盗《ぬす》んだというのはあり得《え》ないだろう？」

「この壺自体《つぼじたい》が重《おも》いから、中身《なかみ》の軽《かる》い茶葉《ちゃば》がなくなっても、なかなか気《き》づかれません。刑《けい》事《じ》さん、ふたを開《あ》けてみてくれますか？」

アリスはライオン刑事《けいじ》に頼《たの》んだ。

「構《かま》わないが――」

ライオン刑事《けいじ》は、言《い》われたとおりにふたを開《あ》ける。

すると。

「茶葉《ちゃば》が！」

壺《つぼ》にはいっぱいの茶葉《ちゃば》が詰《つ》まっていた。

「簡単《かんたん》な手品《てじな》です」

アリスは手《て》でさっと茶葉《ちゃば》を払《はら》った。

すると、見《み》えたのは壺《つぼ》の口《くち》をふさいでいる厚紙《あつがみ》だった。

タネ明《あ》かしをすれば簡単《かんたん》なこと。

アリスはさっき、壺《つぼ》の口《くち》の大《おお》きさピッタリに切《き》った厚紙《あつがみ》でふたをして、その紙《かみ》が見《み》えない程度《ていど》に茶葉《ちゃば》をまいた。

こうすれば、中《なか》は空《から》でも、いっぱいに茶葉《ちゃば》が詰《つ》まっているように見《み》えるのだ。

「だが、それにしても」

と、あごに手《て》を当《あ》てて眉《まゆ》――ないけど――をひそめたのは、ユニコーン刑事《けいじ》だった。

「では、その壷《つぼ》の口《くち》を覆《おお》っていたという厚紙《あつがみ》は、どこに行《い》った？　誰《だれ》もそんなものは見《み》かけておらんぞ？」

「たぶん、こうしたのでは？」

アリスはテーブルの上《うえ》のキャンドル・スタンドを手《て》にするとロウソクの炎《ほのお》を壷《つぼ》の口《くち》に近《ちか》づけた。

厚紙《あつがみ》に炎《ほのお》が移《うつ》り、あっという間《ま》に燃《も》え尽《つ》きる。

あとはかすかに、壷《つぼ》の底《そこ》に灰《はい》が残《のこ》っただけだ。

「コショウが入《い》れてあったのは、底《そこ》に残《のこ》った灰《はい》と混《ま》ぜて、燃《も》やした証拠《しょうこ》を消《け》すためです」

「そうかコショウの匂《にお》いにごまかされて、誰《だれ》も灰《はい》が残《のこ》っていたとは思《おも》わん。そういうことか」

「そして、厚紙《あつがみ》を燃《も》やすだけならば、みんなが壷《つぼ》から目《め》をそらしている隙《すき》に、私《わたし》にでもできます」

事実《じじつ》、こうしてやって見《み》せている。

「むう、恐《おそ》ろしく鈍《にぶ》そうなそなたにできたとなると、誰《だれ》にでも可能《かのう》ということになるのう」

女王《じょおう》はうめく。

「そうじゃな、この鈍《にぶ》そうな娘《むすめ》にも可能《かのう》となれば。后《きさき》は正《ただ》しい」

王様《おうさま》も納得《なっとく》。

「確《たし》かに鈍《にぶ》そうだ。鈍《にぶ》さにかけては、おそらく鏡《かがみ》の国《くに》でもトップクラスか」

と、ライオン刑事《けいじ》がつぶやく。

「そうじゃのう。1日《にち》5回《かい》は、道《みち》ばたの石《いし》コロにつまずきそうなくらいに鈍《にぶ》そうではある」

白《しろ》の騎士《きし》も頷《うなず》く。

（そこまで言《い》われるとは……）

みんなに納得《なっとく》されて、アリスは落《お》ち込《こ》んだ。

「誰《だれ》にでもできたニャら、おいらがやった証拠《しょうこ》はないニャ！」

チェシャ猫《ねこ》は勝《か》ち誇《ほこ》る。

「あなたは自分《じぶん》は関係《かんけい》ないと思《おも》わせるために、私《わたし》たちと一緒《いっしょ》に水晶宮《すいしょうきゅう》に来《き》たんでしょう？」

アリスは推理《すいり》を続《つづ》ける。

「でも、証拠《しょうこ》を残《のこ》してしまいました、この壺《つぼ》の中《なか》に。灰《はい》とコショウをかき混《ま》ぜた時《とき》の足跡《あしあと》です」

みんなが壺《つぼ》をのぞき込《こ》むと、確《たし》かに、灰《はい》に足跡《あしあと》が残《のこ》っていた。

「これは……」

と、ライオン刑事《けいじ》。

それはほんとにかすかな、小《ちい》さな足跡《あしあと》。普通《ふつう》なら見逃《みのが》すところだが、アリスの目《め》は見逃《みのが》さないのだ。

「た、確《たし》かに、猫科《ねこか》の足跡《あしあと》かも知《し》れニャいけど……ライオン刑事《けいじ》のものかも」

チェシャ猫《ねこ》は往生際《おうじょうぎわ》が悪《わる》かった。

「大《おお》きさが違《ちが》う！」

ライオン刑事《けいじ》は吠《ほ》えた。

「それに目撃者《もくげきしゃ》もいますよ」

アリスはチェシャ猫《ねこ》に向《む》かって告《つ》げる。

「わしじゃ」

名乗《なの》り出《で》たのは白《しろ》の騎士《きし》だった。

「わしは何度《なんど》も、この猫《ねこ》が水晶宮《すいしょうきゅう》に忍《しの》び込《こ》んで、こっそりと茶葉《ちゃば》を袋《ふくろ》に詰《つ》めて持《も》ち出《だ》すのを見《み》ておる」

「嘘《うそ》ニャ！　誰《だれ》にも見《み》られないように気《き》をつけて忍《しの》び込《こ》んだし、盗《ぬす》んだ茶葉《ちゃば》は袋《ふくろ》なんかに入《い》れずにかごで……あ」

チェシャ猫《ねこ》はあわてて自分《じぶん》の口《くち》を前足《まえあし》で押《お》さえたが、もう遅《おそ》い。

「しっぽを出《だ》しましたね……猫《ねこ》だけに」

アリスは、ちょっとうまいことを言《い》った気《き》になる。

「目撃《もくげき》したというのは、嘘《うそ》じゃ」

白《しろ》の騎士《きし》は舌《した》を出《だ》した。

「ずっこいニャ！　ミギャアアアアア！」

チェシャ猫《ねこ》は悔《くや》しそうにテーブルクロスに爪《つめ》を立《た》てる。

「私《わたし》が頼《たの》んで、偽《にせ》の目撃者《もくげきしゃ》になってもらいました」

と、アリス。

「でも、動機《どうき》が分《わ》かりません。どうしてこんなことを？」

「それは……」

チェシャ猫《ねこ》は瞳《ひとみ》を潤《うる》ませ――。

「面白《おもしろ》そうだったからニャ～！」

あかんべえをした。

「それが理由《りゆう》？」

「そうニャ！　イタズラ、ミルクと同《おな》じくらいに大好《だいす》きニャ！」

「……厳罰《げんばつ》に処《しょ》しても、いい気《き》がしてきました」

アリスは呆《あき》れる。

「猫《ねこ》を捕《と》らえよ！」

女王《じょおう》は命《めい》じた。

兵士《へいし》たちがチェシャ猫《ねこ》めがけて一斉《いっせい》に飛《と》びかかる。

しかし。

「ほいじゃニャニャ〜！」

チェシャ猫《ねこ》の姿《すがた》は空気《くうき》にとけ込《こ》むように、すっと消《き》えた。

ニタニタ笑《わら》いだけを、その場《ば》に残《のこ》して。

「逃《に》げられました」

「仕方《しかた》あるまい。やつが消《き》えられることを、すっかり忘《わす》れておったわい」

白《しろ》の騎士《きし》はヒゲをしごきながら、首《くび》を横《よこ》に振《ふ》る。

「気分《きぶん》が悪《わる》い！　お茶会《ちゃかい》は中止《ちゅうし》じゃ！」

女王《じょおう》はそう言《い》い捨《す》てると、さっさと奥《おく》に引《ひ》っ込《こ》んでしまった。

「ふん」

公爵夫人《こうしゃくふじん》は女王《じょおう》の後《うし》ろ姿《すがた》を見《み》て鼻《はな》を鳴《な》らすと、アリスを振《ふ》り返《かえ》った。

「ひとつ借《か》りができたね、メアリー・アン」

「……あの」

「覚《おぼ》えておくよ」

公爵夫人《こうしゃくふじん》は背《せ》を向《む》けて、水晶宮《すいしょうきゅう》をあとにする。

「メアリー・アンではないのですが」

アリスは訂正《ていせい》する機会《きかい》を失《うしな》った。


「お待《ま》たせ～」

水晶宮《すいしょうきゅう》をあとにすると、門《もん》を出《で》たところでハンプティ・ダンプティが待《ま》っていた。

「けっこ～自信作《じしんさく》だよ」

ハンプティ・ダンプティは丁寧《ていねい》に折《お》りたたんで、包《つつ》んだ衣装《いしょう》をアリスに渡《わた》す。

「ありがとうです」

アリスは包《つつ》みを抱《かか》え、ペコリとお辞儀《じぎ》をした。

「ところで、ティーパーティは？」

と、ハンプティ・ダンプティが尋《たず》ねる。

「もう、お開《ひら》きです」

アリスは微笑《ほほえ》みを返《かえ》した。

「ううう〜、こんな短《みじか》い締《し》め切《き》りじゃ、満足《まんぞく》のいく芸術作品《げいじゅつさくひん》は完成《かんせい》しないですったら〜！」

C組《シーぐみ》の教室《きょうしつ》では、計太《けいた》が監督《かんとく》のリリカに訴《うった》えていた。

「もう完全《かんぜん》に行《い》き詰《づ》まってるんですよ〜！　これが芸術家《げいじゅつか》としての苦悩《くのう》というものなんでしょうか!?」

「テーマは桃太郎《ももたろう》に決《き》まったのでしょう？　何《なに》を悩《なや》むことがあるんですの？」

涙目《なみだめ》の計太《けいた》を相手《あいて》に、リリカが呆《あき》れたように鼻《はな》を鳴《な》らしたところに。

「衣装《いしょう》、こんな感《かん》じでどうでしょう？」

アリスが包《つつ》みを手《て》にして到着《とうちゃく》した。

「うわっ！　ほんとに早《はや》い！　夕星《ゆうずつ》さん、感謝《かんしゃ》だよ！」

衣装係《いしょうがかり》がさっそく包《つつ》みを解《ほど》き、琉生《るい》に渡《わた》す。

「ほら、これ！　響君《ひびきくん》の！」

「……うん。間違《まちが》いなく、格好《かっこう》いいんだけどね」

衣装《いしょう》を見《み》た琉生《るい》は、困《こま》ったような顔《かお》をアリスに向《む》けた。

「これ、『日本一《にほんいち》』と書《か》いてないといけないところ、『STRONGEST《ストロンゲスト》 In《イン》 The《ザ》 World《ワールド》』(世界最強《せかいさいきょう》)になってるんだけど。これ、いいの?」

「………あ」

アリスも今《いま》、気《き》がついた。

「作《つく》り直《なお》してもら――」

アリスは衣装《いしょう》を抱《かか》えて、また鏡《かがみ》の国《くに》に戻《もど》ろうとするが。

「いいえ!」

それを止《と》めたのは計太《けいた》だった。

アリスの手《て》をガッとつかんで、計太《けいた》は瞳《ひとみ》を輝《かがや》かせる。

「その衣装《いしょう》を見《み》て、すばらしいインスピレーションが浮《う》かびました! 是非《ぜひ》、このままでお願《ねが》いします!」

「ええと……いいのでしょうか?」

アリスは琉生《るい》を振《ふ》り返《かえ》って尋《たず》ねた。

「うん、いいんじゃない」

琉生《るい》はふき出《だ》しそうになるのをこらえて頷《うなず》く。

「はい！　今《いま》から書《か》き上《あ》げてきます！　最高《さいこう》の超大作《ちょうたいさく》、お目《め》にかけますよ！」

計太《けいた》はもう一度《いちど》、衣装《いしょう》をじっくり見《み》ると――。

「これこれ、これです！　間違《まちが》いありません！」

タブレット端末《たんまつ》を手《て》に、図書室《としょしつ》に向《む》かって走《はし》っていった。

「超大作《ちょうたいさく》って……不安《ふあん》、倍増《ばいぞう》ですわね」

リリカが腕組《うでぐ》みをして、その後《うし》ろ姿《すがた》を見送《みおく》る。

「ですね《インディード》」

まったく同感《どうかん》のアリスであった。

ファイル・ナンバー 2

文《ぶん》化《か》祭《さい》、始《はじ》まる?

「文化祭《ぶんかさい》がとうとう、明日《あした》に迫《せま》りました」

金曜日《きんようび》の朝《あさ》。学校《がっこう》に向《む》かう準備《じゅんび》をしながら、アリスはP《ピー》・P《ピー》・ジュニアに告《つ》げていた。

こんな話《はなし》を切《き》り出《だ》したのは、ちょっと頼《たの》みごとがあるからだ。

「おにゃ? そう言《い》えば、氷山中学《ひょうざんちゅうがく》では文化祭《ぶんかさい》をやるんでしたね? 何日《なんにち》か前《まえ》にもらったプリントに——」

請求書《せいきゅうしょ》とにらめっこしていたP《ピー》・P《ピー》・ジュニアは、机《つくえ》の上《うえ》に置《お》いてあったプリントをヒレに取《と》った。

カラーで印刷《いんさつ》されたふたつ折《お》りのきれいなプリントは、保護者《ほごしゃ》に配《くば》られる氷山中学文化《ひょうざんちゅうがくぶんか》祭《さい》のパンフレットだ。

「ええっとA組《エーぐみ》は『占《うらな》いお化《ば》け屋敷《やしき》』……いったい何《なに》がやりたいんですかね？　B組《ビーぐみ》は『メイド喫茶《きっさ》《ラヴリ〜ンの館《やかた》》・氷山中学出張所《ひょうざんちゅうがくしゅっちょうじょ》』……誰《だれ》の提案《ていあん》だか、想像《そうぞう》がつきます。アリスのクラスでは……おにょ、劇《げき》ですか？」

パンフレットを開《ひら》いて、P《ピー》・P《ピー》・ジュニアは尋《たず》ねる。

「題《だい》して……『SF《エスエフ》ファンタジー&ミュージカル《ザ・桃太郎《ももたろう》》鬼《デーモン》たちの逆襲《ぎゃくしゅう》パート1』だそうです」

カバンに入《い》れようとしていたシナリオのタイトルを見《み》ながら、アリスは答《こた》えた。脚本《きゃくほん》の全部《ぜんぶ》に目《め》を通《とお》した訳《わけ》ではないが、聞《き》くところによると、時空《じくう》を超《こ》えた壮大《そうだい》なドラマになっているらしい。

「……パート1って。来年《らいねん》の文化祭《ぶんかさい》で、第《だい》2部《ぶ》でもやるつもりですか？」

P《ピー》・P《ピー》・ジュニアの目《め》がさらに真《ま》ん丸《まる》になる。

「みんなその気満々《きまんまん》なので」

計太《けいた》の構想《こうそう》では、第《だい》2部《ぶ》には大《だい》どんでん返《がえ》しがあるそうだ。

「アリスは何《なん》の役《やく》をやるんです？」

と、P《ピー》・P《ピー》・ジュニア。

「舞台《ぶたい》には出《で》ません。私《わたし》は雑用係長《ざつようかかりちょう》です」

アリスは胸《むね》を張《は》った。

準備《じゅんび》の時《とき》は大道具《おおどうぐ》や小道具《こどうぐ》、衣装《いしょう》の製作《せいさく》を手伝《てつだ》ってきたが、上演中《じょうえんちゅう》はやることはない。

「係長《かかりちょう》って——それ、偉《えら》いんですか？」

「雑用係《ざつようがかり》のトップです」

そもそも雑用係《ざつようがかり》はひとりだけ。でも、今《いま》までクラスで「長《ちょう》」がつくような仕事《しごと》を任《まか》されたことがないので、ちょっとうれしい。

ちなみに、命名《めいめい》はリリカだ。

「……本人《ほんにん》がいいのなら、いいんですけど」

P《ピー》・P《ピー》・ジュニアはクチバシを横《よこ》に振《ふ》ると、パンフレットに目《め》を通《とお》す。

「うにゅにゅ、主演《しゅえん》の桃太郎《ももたろう》はっと……響琉生《ひびきるい》！　ぐぬぬぬ〜っ、探偵《たんてい》シュヴァリエ！

何《なん》であいつが〜っ!?」

P《ピー》・P《ピー》・ジュニアは悔《くや》しそうにパンフレットをクシャッと握《にぎ》りしめた。

「人気者《にんきもの》さんなので、当然《とうぜん》かと」

琉生《るい》は男子《だんし》からも女子《じょし》からも、他《ほか》のクラスからも信頼《しんらい》されている。アリスの目《め》からすれば、当然《とうぜん》の配役《はいやく》だ。

「つきましては――」

アリスは本題《ほんだい》に入《はい》った。

「本番《ほんばん》に間《ま》に合《あ》わないっぽいので、今晩《こんばん》、うちのクラスは学校《がっこう》に遅《おそ》くまで残《のこ》って練習《れんしゅう》をすることに決《き》まりました」

「夜《よる》まで居残《いのこ》りなんて。よく学校《がっこう》が許《ゆる》してくれましたね～？」

P《ピー》・P《ピー》・ジュニアは、不思議《ふしぎ》そうにクチバシを傾《かたむ》ける。

「赤妃《あかひ》さんが担任《たんにん》の先生《せんせい》を脅《おど》し――ではなくて説得《せっとく》しました。でも、条件《じょうけん》があって。居残《いのこ》りをするには、誰《だれ》か大人《おとな》の責任者《せきにんしゃ》がいないといけないんだそうです」

と、アリス。

「なるほど。で、この私《わたし》に責任者《せきにんしゃ》を頼《たの》みたいと？」

P《ピー》・P《ピー》・ジュニアは察《さっ》しがいい。

「みんな、ししょ〜がいいと言《い》っています」

「おにょ？　名探偵《めいたんてい》P《ピー》・P《ピー》・ジュニアの名前《なまえ》は、中学生《ちゅうがくせい》の間《あいだ》にも轟《とどろ》いてる、ということですね〜？」

P《ピー》・P《ピー》・ジュニアは、まんざらでもない顔《かお》になる。

「……そのようです」

アリスはふっと視線《しせん》をそらす。

本当《ほんとう》のところは。

他《ほか》のクラスメート全員《ぜんいん》が、自分《じぶん》の親《おや》が付《つ》き添《そ》いに来《く》るのを嫌《いや》がり、じゃあ、P《ピー》・P《ピー》・ジュニアでいいや、という話《はなし》になったのである。

でも、アリスはししょ〜の幸福《こうふく》のため、そのあたりはごまかしておくことにした。

「やれやれ。私《わたし》はこう見《み》えて、と〜っても忙《いそが》しいのですが」

P《ピー》・P《ピー》・ジュニアは机《つくえ》の上《うえ》の予定表《よていひょう》——真《ま》っ白《しろ》——を、アリスに見《み》られないようにパタンと伏《ふ》せた。

「でもまあ、仕方《しかた》ありませんね。他《ほか》ならぬ、アリスのためですから」

「助《たす》かります。では、放課後《ほうかご》にC組《シーぐみ》の教室《きょうしつ》まで来《き》てください」

アリスはホッとして、学校《がっこう》へと急《いそ》ぐことにする。

だが、探偵社《たんていしゃ》をあとにして、エレベーターを降《お》りたところで。

「……あうう」

カバンを忘《わす》れたことに気《き》がつき、あわてて取《と》りに戻《もど》ったのだった。


授業《じゅぎょう》が終《お》わると、氷山中学《ひょうざんちゅうがく》はいよいよ明日《あした》の文化祭《ぶんかさい》に向《む》けての最後《さいご》の準備《じゅんび》に入《はい》った。

今回《こんかい》のC組《シーぐみ》の劇《げき》は、計太《けいた》が脚本《きゃくほん》を書《か》いたミュージカル・アクションおとぎ話《ばなし》。

前世《ぜんせ》の桃太郎《ももたろう》の記憶《きおく》を持《も》つ主人公《しゅじんこう》が超能力《ちょうのうりょく》に目覚《めざ》め、鬼《デーモン》たちを倒《たお》して世界《せかい》を救《すく》うという内容《ないよう》だ。

あらすじを説明《せつめい》した時《とき》には、男子《だんし》たちからは格好《かっこう》いいと好評《こうひょう》だったが、女《おんな》の子《こ》の反応《はんのう》は「バッカじゃないの?」というのがほとんどだった。

だが、琉生《るい》が衣装《いしょう》を着《き》たとたんに、女子《じょし》の間《あいだ》から悲鳴《ひめい》に近《ちか》い歓声《かんせい》が上《あ》がった。

基本《きほん》は桃太郎《ももたろう》のスタイルなのだが、髪型《かみがた》は鉢金《はちがね》というヘッドバンドを巻《ま》いただけ。腰《こし》の

STRO
GEST
IN T
E WORLD

剣《けん》はファンタジー映画《えいが》か、ゲーム・アプリに登場《とうじょう》するような西洋風《せいようふう》の剣《けん》だ。

「すてき！」

「さすが響君《ひびきくん》！」

「何《なん》か、ヒーローって感《かん》じ」

「うらやましいぐらいに、スタイルいいし」

「他《ほか》じゃ、ああはいかないよね」

女《おんな》の子《こ》たちは、琉生《るい》の姿《すがた》をスマートフォンのカメラに収《おさ》めながら、やたらとはしゃいでいる。要《よう》するに、琉生《るい》がやれば何《なん》でもかっこいいということらしい。

一方《いっぽう》。

「どうせ僕《ぼく》らじゃダメですよ」

「うう、やっぱ俺《おれ》たちって脇役《わきやく》？」

「言《い》うな！　悲《かな》しくなる！」

男子《だんし》は、ほぼ全員《ぜんいん》が落《お》ち込《こ》んでいた。

「さあさあ！　エッヴリバディ、注目《ちゅうもく》！」

リリカがパンと手《て》を叩《たた》いて、みんなの注意《ちゅうい》を引《ひ》く。

形《かたち》から入《はい》るタイプのリリカは、わざわざロサンゼルスから取《と》り寄《よ》せたディレクターズ・チェアに足《あし》を組《く》んで座《すわ》り、メガホンを首《くび》から下《さ》げてサングラスまでかけている。

「11時《じ》までに帰《かえ》らないといけないのですから、残《のこ》り時間《じかん》は少《すく》ないですわよ！　各自《かくじ》、仕事《しごと》にかかりなさい！」

「照明《しょうめい》の人《ひと》、移動《いどう》するよ！」

「音響係《おんきょうがかり》も、あっちに集合《しゅうごう》〜」

何人《なんにん》かが先《さき》に、体育館《たいいくかん》へと向《む》かう。

「こういうの、ワクワクしますね」

そんなみんなの様子《ようす》を見《み》てアリスはつぶやく。

実《じつ》はアリスは、劇《げき》に参加《さんか》するのは初《はじ》めてなのだ。

小《ちい》さい頃《ころ》は、父《ちち》と一緒《いっしょ》に人跡未踏《じんせきみとう》のジャングルや砂漠《さばく》の怪《あや》しい遺跡《いせき》などを巡《めぐ》って過《す》ごしていた。

だから、こんな風《ふう》に学校《がっこう》の行事《ぎょうじ》に普通《ふつう》に参加《さんか》できる機会《きかい》なんて、ほとんどなかったのである。

「ちょっと、夕星《ゆうずつ》さん。これ、体育館《たいいくかん》の舞台裏《ぶたいうら》に運《はこ》んどいて」

大道具《おおどうぐ》の男子《だんし》が、発泡《はっぽう》スチロールで作《つく》った鬼ケ島《おにがしま》——計太《けいた》の脚本《きゃくほん》によるとデーモン・アイランド——の岩《いわ》を、アリスに渡《わた》す。

「はいです」

「こっちの鬼《おに》の武器《ぶき》も、お願《ねが》い！」

と、小道具《こどうぐ》の女子《じょし》。

「はいです」

「悪《わる》い！　ついでにこれも！」

「はいです」

大忙《おおいそが》しでも、ちょっとうれしいアリスだった。

同《おな》じ頃《ころ》。

「あ〜、もしもし〜？」

P《ピー》・P《ピー》・ジュニアは、白瀬署《しらせしょ》の高南冬吹刑事《たかなみふぶきけいじ》に電話《でんわ》していた。

「は〜い、あなたの大好《だいす》きな名探偵《めいたんてい》ですよ〜。あのですね、明日《あした》、氷山中学《ひょうざんちゅうがく》で文化祭《ぶんかさい》があるんですよ。あなた、明日《あした》は非番《ひばん》でしょ？　アリスたちの劇《げき》を見《み》に来《き》ませんか？」

せっかくだから、アリスの知《し》り合《あ》いたちをお誘《さそ》いしようと思《おも》ったのである。

それで最初《さいしょ》に思《おも》いついたのが、何度《なんど》も一緒《いっしょ》に事件《じけん》を解決《かいけつ》している冬吹刑事《ふぶきけいじ》だったのだが。

「え？　明日《あした》は久《ひさ》しぶりのデートがある？　まさか〜？」

P《ピー》・P《ピー》・ジュニアはププッとふき出《だ》した。

「今《いま》さらそんな見栄《みえ》なんか張《は》らなくても〜。あなたが絶望的《ぜつぼうてき》にモテないことは、み〜んな知《し》ってるんで――」

ブツッ！

「……あ、切《き》られました。心《こころ》の狭《せま》い人《ひと》ですね〜」

冬吹刑事《ふぶきけいじ》を誘《さそ》うのはあきらめて、他《ほか》にヒマそうな知《し》り合《あ》いを捜《さが》すことにする。

「じゃあ、お次《つぎ》は自称美少女怪盗《じしょうびしょうじょかいとう》に〜」

P《ピー》・P《ピー》・ジュニアは鼻歌《はなうた》を歌《うた》いながら、怪盗赤《かいとうあか》ずきんの番号《ばんごう》に電話《でんわ》するのであった。

「よいしょっと」

アリスが岩《いわ》や剣《けん》を抱《かか》えて――途《と》中《ちゅう》で13回《かい》ぐらい落《お》とした――ヨロヨロと体育館《たいいくかん》までたどり着《つ》くと、衣装《いしょう》を身《み》につけた琉生《るい》が舞台裏《ぶたいうら》に置《お》かれた木箱《きばこ》の上《うえ》に座《すわ》っていた。

手《て》には脚本《きゃくほん》を持《も》っているが、目《め》を通《とお》している訳《わけ》ではないようだ。

「響君《ひびきくん》」

アリスは岩《いわ》と剣《けん》を抱《かか》えたまま、琉生《るい》に声《こえ》をかける。

「やあ」

琉生《るい》は顔《かお》を上《あ》げた。

「考《かんが》えごとですか？」

「えぇっと……ほら、シナリオを覚《おぼ》えているところ。僕《ぼく》の台詞《せりふ》、かなり多《おお》いんだよね」

琉生《るい》は微笑《ほほえ》みながら、手《て》にした脚本《きゃくほん》を振《ふ》って見《み》せた。

ただ、アリスにはその笑顔《えがお》が、いつもとは違《ちが》うように見《み》えた。はっきりとは分《わ》からないが、ここ数日《すうじつ》、琉生《るい》が何《なに》かを隠《かく》しているように思《おも》えてならない。

（少《すこ》し、さびしいです）

琉生《るい》はアリスが転校《てんこう》してきてからずっと、助《たす》けてくれている。でも、アリスは琉生《るい》の相《そう》談相手《だんあいて》にもなれないとすると、それはちょっと悲《かな》しい。

「……口《くち》に出《だ》して覚《おぼ》えると、いいかも知《し》れません」

アリスは、何《なん》にも気《き》がついていないようなふりをして、提案《ていあん》した。

「うん、そうだね。じゃあ、夕星《ゆうずつ》さんは僕《ぼく》の台詞《せりふ》、間違《まちが》ってないか確認《かくにん》してくれる？」

琉生《るい》は立《た》ち上《あ》がり、脚本《きゃくほん》をアリスに渡《わた》した。

「了解《りょうかい》です。では……このあたりからで――」

アリスは脚本《きゃくほん》から、クライマックス直前《ちょくぜん》のシーンを選《えら》んで琉生《るい》に見《み》せる。

「うん、分《わ》かった」

琉生《るい》はそのページをチラリと見《み》ただけで頷《うなず》いた。

「――では、どうぞ」

「1万年前《まんねんまえ》の予言《よげん》が果《は》たされる時《とき》が、ついに来《き》た！」

琉生《るい》は、アリスの合図《あいず》で剣《けん》を抜《ぬ》き、高《たか》く掲《かか》げた。

「デーモン・キング！　お前《まえ》がどんなに陰謀《いんぼう》を巡《めぐ》らせようと、僕《ぼく》らの友情《ゆうじょう》と信頼《しんらい》を断《た》ち切《き》ることはできない！　みんなの想《おも》いがこもったこの剣《けん》で！　お前《まえ》を倒《たお》し、世界《せかい》を守《まも》る！」

覚《おぼ》えられない、などとはとんでもない。

台詞《せりふ》が見事《みごと》に決《き》まった次《つぎ》の瞬間《しゅんかん》。

「きゃ〜っ！」

突然《とつぜん》の歓声《かんせい》が、ふたりの周囲《しゅうい》で上《あ》がった。

いつの間《ま》にか、アリスと琉生《るい》はクラスの女子《じょし》たちに囲《かこ》まれていたのだ。

「あ、あのさ。恥《は》ずかしいんだけど？」

琉生《るい》は苦笑《くしょう》する。

「いえ、今《いま》の調子《ちょうし》なら完璧《かんぺき》ですわ！」

腕組《うでぐ》みをした監督《かんとく》のリリカが満足《まんぞく》そうに頷《うなず》くと、クラス一同《いちどう》の方《ほう》を振《ふ》り返《かえ》った。

「それでは、通《とお》しのリハーサルに入《はい》りますわよ！　照明《しょうめい》、音響《おんきょう》、スタンバイなさい！」

「はい、監督《かんとく》！」

みんなはそれぞれ自分《じぶん》の仕事《しごと》に戻《もど》る。

「庶民《しょみん》アリス、衣装《いしょう》を持《も》っていらっしゃい！」

「はいです」

アリスも教室《きょうしつ》に戻《もど》ることにした。


アリスが衣装《いしょう》を抱《かか》えてよたよたと体育館《たいいくかん》に帰《かえ》ってくると、ちょうどリハーサルが始《はじ》まったところだった。

真《ま》っ暗《くら》な舞台《ぶたい》に、まずは琉生《るい》の台詞《せりふ》が流《なが》れる。

「ワンス・アポン・ア・タイム（むかしむかし）」

出《で》だしは何故《なぜ》か、英語《えいご》だったりする。

「はいここでスポットライト！」

リリカが照明《しょうめい》に指示《しじ》を出《だ》した。

パッ！

明《あか》るいライトが、道《みち》ばたの岩《いわ》を照《て》らし出《だ》す。

（斬新《ざんしん》な演出《えんしゅつ》です）

アリスは感心《かんしん》した。

「主人公《しゅじんこう》を照《て》らし出《だ》すんでしょう！　岩《いわ》を目立《めだ》たせてどうするんですの！」

リリカがメガホンで怒鳴《どな》る。

斬新《ざんしん》な演出《えんしゅつ》ではなかったようである。

「ごめん！」

照明係《しょうめいがかり》はスポットライトをグルグルと動《うご》かし、やっと琉生《るい》に光《ひかり》を向《む》けることに成功《せいこう》した。

「伝説《でんせつ》の英雄桃太郎《えいゆうももたろう》が鬼《デーモン》たちを倒《たお》してから1万年《まんねん》。世界《せかい》がまた闇《やみ》に覆《おお》われるなどと、誰《だれ》が思《おも》ったろう」

琉生《るい》は台詞《せりふ》を続《つづ》ける。

「ここで音楽《おんがく》！」

リリカがまた指示《しじ》を出《だ》す。


えらいやっちゃえらいやっちゃよいよいよいよい！

（斬新《ざんしん》な音楽《おんがく》です）

アリスはまたも感心《かんしん》した。

「監督《かんとく》、ごめん！　体育《たいいく》のダンスで使《つか》うＣＤ《シーディー》、紛《まぎ》れ込《こ》んでた！」

「な、なかなか思《おも》ったとおりにはいかないですわね」

余裕《よゆう》を見《み》せようと微笑《ほほえ》んで見《み》せるリリカだが、こめかみのあたりの血管《けっかん》が浮《う》き出《で》てヒクヒクしていた。

この後《あと》もリハーサルは続《つづ》けられたが、続《つづ》ければ続《つづ》けるほど、誰《だれ》もが不安《ふあん》になった。

一番大《いちばんおお》きな問題《もんだい》は、琉生以外《るいいがい》のほとんどが、自分《じぶん》の台詞《せりふ》を覚《おぼ》え切《き》れていないことだ。

「台詞多《せりふおお》すぎ！　ふつう、爺《じい》さんって桃《もも》を切《き》るだけじゃないのかよ⁉」

お爺《じい》さん役《やく》の男子《だんし》が、白髪《しらが》のカツラをかぶった頭《あたま》を抱《かか》える。

「鬼《デーモン》ってさ、ウガ～ッとかやってればいいんじゃなかったのか？」

デーモンその４の男子《だんし》も、泣《な》き言《ごと》を口《くち》にする。

ちなみに、クラスの全男子《ぜんだんし》21人《にん》のうち、11名《めい》がデーモン役《やく》である。

「もうさ、ボクは全部《ぜんぶ》ウキキキ〜でいいよね？　サル語《ご》ってことでさ？」

サル役《やく》の憩《いこい》はもう、最初《さいしょ》から覚《おぼ》える気《き》がなかった。

「どんなに早口《はやくち》でやっても、これ、2時間《じかん》はかかるんじゃない？」

村人《むらびと》1の女《おんな》の子《こ》が、監督《かんとく》のリリカに相談《そうだん》する。確《たし》かに、計太《けいた》が書《か》いた脚本《きゃくほん》はかなり分厚《ぶあつ》い。アリスが確《たし》かめたところでは、240ページの大作《たいさく》である。

「ところどころ削《けず》って、ナレーションでごまかすしかありませんわね」

上演時間《じょうえんじかん》のことまで考《かんが》えていなかった監督《かんとく》のリリカは、うっかりをごまかすように決断《けつだん》を下《くだ》した。

「ナレーションは誰《だれ》が？」

雑用係長《ざつようかかりちょう》のアリスが尋《たず》ねる。

「もちろん、私《わたし》ですわ！」

監督《かんとく》リリカは、ツッとサングラスを押《お》し上《あ》げて宣言《せんげん》した。

「やっぱり〜」

と、クラスの全員《ぜんいん》。

出《で》たがりのリリカがこのまま監督《かんとく》に徹《てっ》して引《ひ》っ込《こ》んでいるはずがない、とみんな思《おも》っていたようだ。

「じゃあ、さっそく脚本《ホン》を――」

リリカはそう言《い》いかけて計太《けいた》を捜《さが》すが、計太《けいた》の姿《すがた》はない。

「まったく、あのウサ耳《みみ》は何《なに》をやっているんですの？　脚本《ホン》を直《なお》すのも、彼《かれ》の仕事《しごと》でしょう？」

「教室《きょうしつ》の方《ほう》にはいなかったよ」

村人《むらびと》2が言《い》った。

「図書室《としょしつ》じゃねえの？」

と、デーモンその5。

「雑用係長《ざつようかかりちょう》！」

リリカはアリスを振《ふ》り返《かえ》った。

「はい、ここに《アト・ユア・サーヴィス》」

「計太《けいた》を捜《さが》していらっしゃい」

「捜《さが》してきます」

アリスはさっそく図書室《としょしつ》に向《む》かう。

「僕《ぼく》も――」

琉生《るい》がアリスといっしょに行《い》こうとしたが。

「主役《しゅやく》にどこか行《い》かれては困《こま》りますわ」

リリカは琉生《るい》の腕《うで》をつかんで離《はな》そうとはしない。

「あはは、きびしいね」

琉生《るい》は苦笑《くしょう》してアリスを見送《みおく》るしかなかった。


「おにょにょにょ～！　ヒマだったもので『ちゃお』を読《よ》んでたら、も～こんな時間《じかん》ですよ～！　でも――」

スクーターで氷山中学《ひょうざんちゅうがく》に向《む》かおうとしていたP《ピー》・P《ピー》・ジュニアは、駅前《えきまえ》ショッピング・モールのファーストフード店《てん》『ピンク・ミート・バーガー』に寄《よ》り道《みち》していた。

「探偵《たんてい》たるもの、差《さ》し入《い》れぐらい持《も》っていかないと」

P《ピー》・P《ピー》・ジュニアは意外《いがい》と見栄《みえ》っ張《ぱ》りなのである。

「いらっしゃいませ〜」

店《みせ》に入《はい》ると、カウンターの向《む》こうでニッコリ笑《わら》って出迎《でむか》えたのは、ここでアルバイトをしている汐凪茉莉音《しおなぎまりね》。

ごく普通《ふつう》のバイト店員《てんいん》に見《み》えるが、実《じつ》は人魚《にんぎょ》である。

「今月《こんげつ》はシーフード特集《とくしゅう》！　新作《しんさく》のイカ刺《さ》し・ケチャップ・バーガーはいかがですか〜？」

茉莉音《まりね》はP《ピー》・P《ピー》・ジュニアにメニューを見《み》せた。

「解凍《かいとう》したての冷《つめ》た〜いイカと、しょっぱいワカメのトッピング、それに湿《しめ》った黒《くろ》パンのコラボがアバンギャルドですよ〜」

「シーフードは嫌《きら》いじゃありませんが――」

P《ピー》・P《ピー》・ジュニアの頬《ほお》が、ピクピクと引《ひ》きつる。

「それ、食《た》べて無事《ぶじ》なんですか？」

「では代《か》わりに、シャケ1匹丸《ぴきまる》ごとバーガーは？」

茉莉音《まりね》は満面《まんめん》の営業《えいぎょう》スマイルで別《べつ》のメニューを指《ゆび》さした。

「そんなもの、誰《だれ》も食《た》べられません！」

「もう、ペンギンは魚《さかな》を丸飲《まるの》みするものでしょ？」

茉莉音《まりね》は唇《くちびる》を尖《とが》らせる。

「……人間《にんげん》の食《た》べられる物《もの》を出《だ》しなさい」

P《ピー》・P《ピー》・ジュニアは、おすすめを無視《むし》することにした。

「だいたい、そんなメニュー、注文《ちゅうもん》した人《ひと》がいるんですか？」

「ええと……そういえば、いません！」

茉莉音《まりね》は今《いま》さらながらに気《き》がつく。

「だったら、私《わたし》に押《お》しつけようとしないでくださいよ！」

「……P《ピー》・P《ピー》・ジュニアさん、お友《とも》だちだと思《おも》ってたのに」

どうやら、本当《ほんとう》に売《う》れなくて困《こま》っているらしいことは分《わ》かった。

「お友《とも》だちに売《う》りたいのなら、同級生《どうきゅうせい》の赤《あか》ずきんとか、グレーテルとかに売《う》りつけなさい。

……と、思《おも》い出《だ》しました」

P《ピー》・P《ピー》・ジュニアは、ここでポンとヒレを打《う》つ。

「明日《あした》、氷山中学《ひょうざんちゅうがく》の文化祭《ぶんかさい》でアリスのクラスが劇《げき》をやるんです。見《み》に来《き》ませんか？」

「アリスちゃんが出《で》るんですか？」

と、茉莉音《まりね》。

「いえ……探偵《たんてい》シュヴァリエが出《で》ます」

P《ピー》・P《ピー》・ジュニアは嫌々《いやいや》ながらに告《つ》げる。

「じゃあ、行《い》こうかなあ」

格好《かっこう》いい男《おとこ》の子《こ》が大好《だいす》きな茉莉音《まりね》は、ちょっと考《かんが》え込《こ》んでから自分《じぶん》の仕事《しごと》を思《おも》い出《だ》した。

「ところで、ご注文《ちゅうもん》は？」

「……一番安《いちばんやす》〜い、ふつうのハンバーガーとポテト、1クラス分《ぶん》、お願《ねが》いします」

アリスのクラスメートたちにいい格好《かっこう》をして見《み》せるのも、お財布的《さいふてき》には大変《たいへん》である。

計太《けいた》は教室《きょうしつ》にも、図書室《としょしつ》にもいなかった。

保健室《ほけんしつ》にもいなかったので、スマートフォンでメッセージを送《おく》ってみたが、返事《へんじ》がない。

ならばと電話《でんわ》もしてみたが、やっぱりつながらなかった。

家《いえ》の方《ほう》にも連絡《れんらく》しようと思《おも》ったが、誰《だれ》にも告《つ》げず、勝手《かって》に家《いえ》に帰《かえ》るような計太《けいた》ではないので、もう少《すこ》し捜《さが》してから、ということにする。

(万《まん》が一《いち》ということがありますので)

アリスは隣《となり》のクラス、B組《ビーぐみ》をのぞいてみることにした。

B組《ビーぐみ》の出《だ》し物《もの》は「メイド喫茶《きっさ》」。

高校《こうこう》の学園祭《がくえんさい》ならともかく、中学《ちゅうがく》では珍《めずら》しい。氷山中学《ひょうざんちゅうがく》、そのあたりは結構適当《けっこうてきとう》な感《かん》じだ。

「あの～」

扉《とびら》を開《ひら》いて中《なか》に入《はい》ると、こちらのクラスも居残《いのこ》って準備《じゅんび》の真《ま》っ最中《さいちゅう》だった。

部屋《へや》を区切《くぎ》って調理《ちょうり》スペースを確保《かくほ》したり、テーブルを並《なら》べて飾《かざ》りつけをしたり、メイド服《ふく》を着《き》た女《おんな》の子《こ》たちは接客《せっきゃく》の練習《れんしゅう》をしたりしている。

「やあ！　夕星《ゆうずつ》さんじゃないか!?」

アリスを見《み》つけていきなり手《て》を握《にぎ》ってきたのは、暴夜騎士《あらびやないと》だった。

「この僕《ぼく》に会《あ》いに来《き》てくれたのかい？　だが、僕《ぼく》は君《きみ》の愛《あい》に応《こた》えることはできない！　だって、僕《ぼく》の心《こころ》は別《べつ》の女性《ひと》のところにあるのだからね！」

騎士《ないと》は中東《ちゅうとう》の王族《おうぞく》。日本《にほん》の文化《ぶんか》に惚《ほ》れ込《こ》み、そのすばらしさを広《ひろ》めるために、駅前《えきまえ》のコンコースで、アンティーク・ショップ『オアシス』を開《ひら》いている。

ただ、今《いま》のところ、それが成功《せいこう》しているとはいえないのだが。

「……………ああっと」

アリスはすぐには反応《はんのう》できなかった。

騎士《ないと》がメイクをバッチリ決《き》めて、メイド服《ふく》を着《き》ていたからだ。

「あの……どうして暴夜君《あらびやくん》までがメイド服《ふく》を？」

「それは」

騎士《ないと》は人差《ひとさ》し指《ゆび》を立《た》てて振《ふ》り、ウインクした。

「僕《ぼく》こそが、メイド・オブ・メイド！　美《うつく》しく、優雅《ゆうが》で可憐《かれん》な、メイドの鑑《かがみ》だから、さ！」

「はいはい」

アリスが突《つ》っ込《こ》めないでいると、ありがたいことに椎葉塔子《しばとうこ》がきて割《わ》り込《こ》んでくれた。

塔子《とうこ》は目《め》が見《み》えないが、きれいな上《うえ》に成績《せいせき》も優秀《ゆうしゅう》で、B組《ビーぐみ》のリーダー的存在《てきそんざい》だ。

「夕星《ゆうずつ》さん、もしかしてこっちのクラスを偵察《ていさつ》に来《き》たの？」

塔子《とうこ》はからかうように微笑《ほほえ》む。

「いえ、そうではなくて。こちらの教室《きょうしつ》に、うちのクラスの白兎君《しらとくん》が紛《まぎ》れ込《こ》んではいないかと」

「白兎君《しらとくん》？　気《き》がつかなかったなあ」

盲導犬《もうどうけん》のトビイの頭《あたま》をなでながら、塔子《とうこ》は首《くび》を傾《かし》げた。

「少《すく》なくとも、声《こえ》は聞《き》いていないと思《おも》う。でも、他《ほか》の子《こ》にも聞《き》いてみるね」

「ありがとうございます」

アリスは頭《あたま》を下《さ》げ、準備中《じゅんびちゅう》のメイド喫茶《きっさ》をあとにする。

「そうだ、夕星《ゆうずつ》さん」

騎士《ないと》がその背中《せなか》に声《こえ》をかけた。

「うちのクラスのメイド喫茶《きっさ》で明日《あした》、働《はたら》いてみない？　メイド服以外《ふくいがい》でも、水着《みずぎ》とかでも

なかった。

塔子《とうこ》が騎士《ないと》に何《なに》をしたのか知《し》るのが怖《こわ》かったので、アリスはあえて、振《ふ》り返《かえ》ろうとはしなかった。

大歓迎《だいかんげい》──ぐぎゃあああっ！」

（A組《エーぐみ》にはあまり、知《し》っている人《ひと》がいないのですが）

アリスはついでに、A組《エーぐみ》も見《み》てみることにした。

A組《エーぐみ》の出《だ》し物《もの》は「占《うらな》いお化《ば》け屋敷《やしき》」。

扉《とびら》の飾《かざ》りつけから、おどろおどろしいというか、不気味《ぶきみ》な感《かん》じになっていて、何《なん》となく入《はい》りにくい。

こちらも準備《じゅんび》に忙《いそが》しいようで、中《なか》からはノコギリやカナヅチを使《つか》う音《おと》が聞《き》こえる。

アリスが扉《とびら》を開《あ》けて、教室《きょうしつ》の様子《ようす》を見《み》ようとしたその時《とき》。

先《さき》に扉《とびら》が開《あ》いて、赤《あか》い河童《かっぱ》が出《で》てきた。

「…………………」

「………………………」

「………………………………」

「………………………ひい〜っ！」

アリスと鉢合《はちあ》わせした河童《かっぱ》が腰《こし》を抜《ぬ》かす。

(妖怪《ようかい》に先《さき》に驚《おどろ》かれるとは、かなり不本意《ふほんい》です)

アリスは深《ふか》く落《お》ち込《こ》んだ。

別《べつ》にアリスも驚《おどろ》かなかった訳《わけ》ではない。驚《おどろ》くのが遅《おそ》かっただけだ。

「大丈夫《だいじょうぶ》ですか？」

アリスは赤《あか》い河童《かっぱ》を助《たす》け起《お》こそうと、手《て》を差《さ》し伸《の》べる。

「ゆ、夕星《ゆうずつ》さんじゃないですか〜」

河童《かっぱ》はアリスを見上《みあ》げながら、ホッとした顔《かお》になった。

どうやら、アリスのことを知《し》っているようである。

「ええっと？」

「ほ、ほら、苔桃《こけもも》ですよ。苔桃《こけもも》あざみ」

赤《あか》い河童《かっぱ》はどこからかメガネを取《と》り出《だ》すと、顔《かお》にかけてみせた。

確《たし》かにメガネをかけると、何《なん》となく魔女見習《まじょみなら》いのあざみっぽい。

「いったい何《なん》でその格好《かっこう》を？」

アリスは思《おも》わず尋《たず》ねていた。

「うちのクラスの出《だ》し物《もの》『占《うらな》いお化《ば》け屋敷《やしき》』では、スリルがいっぱいのお化《ば》け屋敷《やしき》をクリアすると、ご褒美《ほうび》に占《うらな》いをしてもらえるんです」

特殊《とくしゅ》メイクで結構《けっこう》リアルな河童《かっぱ》になったあざみが、説明《せつめい》する。

「ちなみに、私《わたし》が緑《みどり》じゃなくて赤《あか》いのは、母《はは》の実家《じっか》の遠野《とおの》の河童《かっぱ》をモデルにしているからなんですよ」

有名《ゆうめい》な民俗学者《みんぞくがくしゃ》、柳田國男《やなぎたくにお》の『遠野物語《とおのものがたり》』に登場《とうじょう》する河童《かっぱ》のことのようだ。

「それで、夕星《ゆうずつ》さんはどうしてここに？」

改《あらた》めてあざみに聞《き》かれたので、アリスは計太《けいた》を捜《さが》していることを説明《せつめい》した。

「白兎君《しらとくん》って、ウサ耳帽子《みみぼうし》の人《ひと》ですよね？　今日《きょう》は見《み》てませんけど――」

あざみは首《くび》を横《よこ》に振《ふ》ると、例《れい》の魔法《まほう》の杖《つえ》を取《と》り出《だ》す。

「このバトンで占《うらな》ってみましょうか、白兎君《しらとくん》の居所《いどころ》」

「占《うらな》い、当《あ》たるんですか？」

アリスは聞《き》いた。

「百発《ひゃっぱつ》二《に》中《ちゅう》です」

「……………………」

外《はず》れの確率《かくりつ》が圧倒的《あっとうてき》に高《たか》い。

アリスは文化祭《ぶんかさい》当日《とうじつ》も、占《うらな》ってもらうのは遠慮《えんりょ》しようと思《おも》った。

一度《いちど》、体育館《たいいくかん》に戻《もど》ろうとしたところで。


ちゃっちゃらちゃちゃ〜ん！


アリスのスマートフォンが着信音《ちゃくしんおん》を奏《かな》でた。

計太《けいた》からかと思《おも》ったが、違《ちが》った。

さっき別《わか》れたばかりの、塔子《とうこ》からである。

『あのね、白兎君《しらとくん》のことだけど、校内放送《こうないほうそう》で呼《よ》び出《だ》したらどうかなと思《おも》って』

「できるのですか？」

『今《いま》、ちょうど手《て》が空《あ》いたところだから』

「是非《ぜひ》ともお願《ねが》いします」

アリスは塔子《とうこ》を迎《むか》えに、B組《ビーぐみ》の教室《きょうしつ》に戻《もど》ることにした。


「お世話《せわ》になります」

アリスは塔子《とうこ》と落《お》ち合《あ》うと、1階《かい》の放送室《ほうそうしつ》に向《む》かった。

もちろん、トビイも一緒《いっしょ》だ。

「気《き》にしないで。私《わたし》、放送部《ほうそうぶ》の部長《ぶちょう》もしてるから」

塔子《とうこ》はアリスと同《おな》じ図書委員《としょいいん》でもあり、生徒会《せいとかい》の一員《いちいん》でもある。

「学校《がっこう》のお仕事《しごと》、いくつ兼任《けんにん》しているので？」

アリスは塔子《とうこ》の手《て》を取《と》って歩《ある》きながら尋《たず》ねた。

「ええと、６つかな？」

それで、成績《せいせき》は常《つね》にトップクラスである。

(聞《き》くのではありませんでした)

アリスは自分《じぶん》と比《くら》べて落《お》ち込《こ》んだ。


「おかしいな」

放送室《ほうそうしつ》の前《まえ》に着《つ》くと、塔子《とうこ》は鍵《かぎ》を開《あ》けようとしてわずかに顔《かお》をしかめた。

「どうしたんです?」

アリスが尋《たず》ねる。

「鍵《かぎ》が開《あ》いてるのよ、私《わたし》、閉《し》めたはずなのに。白兎君《しらとくん》、生徒会《せいとかい》の関係者《かんけいしゃ》だから、ここの鍵《かぎ》は使《つか》えるけど。もしかして、彼《かれ》かな?」

隣《となり》にいるトビイが、警戒《けいかい》した様子《ようす》で身構《みがま》えている。

「下《さ》がっていてください」

アリスは塔子《とうこ》にそう告《つ》げると、警戒《けいかい》しながら扉《とびら》をそっと開《ひら》いた。

誰《だれ》かがいる気配《けはい》はない。

スイッチを入《い》れて照明《しょうめい》をつけると、放送《ほうそう》の原稿《げんこう》があちこちに散《ち》らかっていて、椅子《いす》も倒《たお》れ、マイクも床《ゆか》に落《お》ちていた。

塔子《とうこ》はアリスに続《つづ》いて放送室《ほうそうしつ》に入《はい》ると、あたりを手探《てさぐ》りで調《しら》べてからアリスに告《つ》げる。

「放送室《ほうそうしつ》を最後《さいご》に出《で》たの、私《わたし》だよ。でも、その時《とき》はこんなに散《ち》らかってなかった」

「……まるで誰《だれ》かが争《あらそ》ったあとみたい」

「私《わたし》もそう思《おも》います」

アリスは放送室《ほうそうしつ》に入《はい》るのは初《はじ》めてだったが、それでもこれが普通《ふつう》じゃないことは分《わ》かる。

「これは？」

塔子《とうこ》は指《ゆび》で触《ふ》れて机《つくえ》の上《うえ》のタブレット端末《たんまつ》に気《き》がつき、アリスに渡《わた》す。

この端末《たんまつ》には見覚《みおぼ》えがある。計太《けいた》がいつも使《つか》っている端末《たんまつ》だ。

「……戻《もど》った方《ほう》が良《よ》さそうです。クラスのみんなに、あまり教室《きょうしつ》から離《はな》れないように言《い》ってください」

アリスは塔子《とうこ》に告《つ》げる。

「うん、分《わ》かった。どうしても教室《きょうしつ》を出《で》なくちゃならない時《とき》には、必《かなら》ず、何人《なんにん》かでまとまって行動《こうどう》するようにさせる」

塔子《とうこ》は真剣《しんけん》な顔《かお》で答《こた》えた。

アリスは塔子《とうこ》とB組《ビーぐみ》の前《まえ》で別《わか》れると、いったん女子《じょし》トイレに行《い》き、鏡《かがみ》の前《まえ》に立《た》った。

「鏡《ミラー》よ、鏡《ミラー》」


「アリス・リドル、登場《エンター、アリス・リドル》」

アリスがアリス・リドルに変身《へんしん》し、こちらの世界《せかい》に戻《もど》ってくると——。

「おにょ、アリス？」

ちょうど、P《ピー》・P《ピー》・ジュニアが段《だん》ボール箱《ばこ》いっぱいのピンク・ミート・バーガーを引《ひ》きずって、教室《きょうしつ》に向《む》かおうとしているところだった。

「問題発生《もんだいはっせい》ですか？」

アリスがアリス・リドルになっているのを見《み》て、P《ピー》・P《ピー》・ジュニアはすぐに何《なに》かが起《お》きていることに気《き》がついた。

「どうやら、白兎君《しらとくん》が何《なん》らかの事件《じけん》に巻《ま》き込《こ》まれたようです」

「ほう、どうしてそう思《おも》ったんですか？」

「白兎君《しらとくん》が自分《じぶん》のタブレット端末《たんまつ》を置《お》いて、どこかに行《い》くなんてこと、あり得《え》ますか？」

アリスはP《ピー》・P《ピー》・ジュニアに端末《たんまつ》を見《み》せる。

「うにゅ。彼《かれ》、お風呂《ふろ》の中《なか》にも持《も》っていきそうですしね」

P《ピー》・P《ピー》・ジュニアは納得《なっとく》した。

「体育館《たいいくかん》に行《い》って、赤妃《あかひ》さんと響君《ひびきくん》に報告《ほうこく》します」

「その方《ほう》が良《よ》さそうです」

顔《かお》を見合《みあ》わせたアリスとP《ピー》・P《ピー》・ジュニアは、体育館《たいいくかん》へと急《いそ》いだ。

しかし――。


「ねえ、誰《だれ》かサル、じゃなかった、憩《いこい》、見《み》なかった？」

「やけに静《しず》かだと思《おも》ったら……いないいな」

「なあ、榊《さかき》もいなくなったぞ」

「イヌの衣装《いしょう》、着《き》たままかよ！」

体育館《たいいくかん》はリハーサルどころではなくなっていた。

計太以外《けいたいがい》にも、行方不明者《ゆくえふめいしゃ》が出《で》たのだ。

しかも、サル役《やく》、イヌ役《やく》、キジ役《やく》、デーモン役《やく》その1、その3、その4の6人《にん》だ。

「碇山《いかりやま》、どこかの木《き》に登《のぼ》ってない？」

「あり得《え》るけど、今回《こんかい》はない」

「白兎君《しらとくん》を含《ふく》めて7人《にん》、いっぺんに消《き》えるなんて」

一同《いちどう》、不安《ふあん》を隠《かく》せない様子《ようす》である。

「ま、まさかこの超絶《ちょうぜつ》ウルトラ・マーヴェラス・ハイパー・エクストリーム・マグニフィセント・セレブである私《わたし》を狙《ねら》って、間違《まちが》ってみなさんを⁉」

はっとなったのは、リリカだった。

（ウルトラ・マーヴェラス・ハイパー……）

ひと息《いき》で言《い》い切《き》ったリリカに、アリスは心《こころ》の中《なか》で拍手《はくしゅ》を送《おく》った。

「あのさ、碇山《いかりやま》はともかく、着《き》ぐるみの男子《だんし》をあなたと間違《まちが》える？」

衣装係《いしょうがかり》が指摘《してき》する。

「ですわね。碇山《いかりやま》さんと間違《まちが》えられたとしても、非常《ひじょう》に不本意《ふほんい》。屈辱以外《くつじょくいがい》の何《なに》ものでもありませんわ」

リリカも同意《どうい》した。

「もし、これが誘拐《ゆうかい》なら──」

P《ピー》・P《ピー》・ジュニアがみんなの前《まえ》に進《すす》み出《で》た。

「そろそろ身代金《みのしろきん》の要求《ようきゅう》があるはずですがねえ？」

P《ピー》・P《ピー》・ジュニアは、思《おも》わせぶりな視線《しせん》を琉生《るい》に向《む》ける。

「P様《ピーさま》！」

リリカがP《ピー》・P《ピー》・ジュニアを抱《だ》き上《あ》げ、頬《ほお》ずりしながら指《ゆび》をパチンと鳴《な》らした。

「神崎《かんざき》、これへ」

「はっ！」

どこからか現《あらわ》れ、あごに手《て》を当《あ》てて眉《まゆ》をひそめたのは、赤妃家《あかひけ》に古《ふる》くから勤《つと》める執事《しつじ》の神崎《かんざき》である。

「身代金《みのしろきん》の用意《ようい》はできますか？」

「リリカお嬢様《じょうさま》は日本《にほん》でも一《いち》、二《に》を争《あらそ》う大企業《だいきぎょう》赤妃《あかひ》グループの後継者《こうけいしゃ》でございます。その身《み》に何《なに》かがあれば、日本《にほん》の経済《けいざい》が大混乱《だいこんらん》に陥《おちい》ることは確実《かくじつ》。赤妃《あかひ》グループは身代金《みのしろきん》として1000億円《おくえん》までは即座《そくざ》に支払《しはら》う準備《じゅんび》がございます。ただ――」

神崎《かんざき》は顔《かお》をしかめた。

「お友《とも》だちの誘拐《ゆうかい》となると、難《むずか》しいかも知《し》れませんな。正直《しょうじき》、こうした事態《じたい》は想定《そうてい》しておりませんでした」

「直《ただ》ちに、用意《ようい》させなさい。この私《わたし》のクラスメートたちなのですよ」

リリカは命《めい》じる。

「はっ！」

神崎《かんざき》が一礼《いちれい》し、下《さ》がろうとしたその時《とき》。

「いや」

琉生《るい》が首《くび》を横《よこ》に振《ふ》った。

「身代金《みのしろきん》を用意《ようい》する必要《ひつよう》はないよ。狙《ねら》いは僕《ぼく》だ」

「響君《ひびきくん》？」

アリスは、琉生《るい》がいつになく厳《きび》しい表情《ひょうじょう》をしていることに気《き》がついた。

「黙《だま》っていてごめん。僕《ぼく》はこの前《まえ》、TV《テレビ》番組《ばんぐみ》の収録《しゅうろく》ということでマイアミに行《い》ってたけど、実《じつ》はFBI《エフビーアイ》の要請《ようせい》で、アメリカ国内《こくない》に潜伏《せんぷく》するテロリストの捜索《そうさく》をするためだったんだ」

琉生《るい》はみんなを見渡《みわた》してから説明《せつめい》する。

「ニューヨーク、ボストン、サンフランシスコ、ニューオーリンズ、それにシアトルで同《どう》時多発《じたはつ》テロが計画《けいかく》されていたんですよ」

と、続《つづ》けたのはP《ピー》・P《ピー》・ジュニアだった。

「探偵《たんてい》シュヴァリエは計画《けいかく》を完全《かんぜん》に見抜《みぬ》いて、テロリストたちを一網打尽《いちもうだじん》にしました。逮《たい》捕《ほ》されたテロリストの数《かず》は50名以上《めいいじょう》です」

「そんな事件《じけん》、報道《ほうどう》されてませんわ」

リリカが眉《まゆ》をひそめる。

「事実《じじつ》を明《あき》らかにすれば、アメリカ全土《ぜんど》の国民《こくみん》が動揺《どうよう》したでしょう。FBI《エフビーアイ》と探偵《たんてい》シュヴァリエは、そんな事態《じたい》を防《ふせ》がなくてはいけなかったんです」

「ししょ〜は知《し》っていたので？」

と、アリス。

「当然《とうぜん》です。『ペンギン探偵社《たんていしゃ》』の情報網《じょうほうもう》を、なめてもらっては困《こま》りますよ〜」

こういう時《とき》に、自慢《じまん》げにクチバシをピクピクさせなければ、格好《かっこう》いいのに。

アリスは密《ひそ》かに思《おも》う。

「あの時《とき》に逮捕《たいほ》したテロリストの仲間《なかま》が、僕《ぼく》に報復《ほうふく》しようとしている可能性《かのうせい》が高《たか》いんだ」

琉生《るい》は告《つ》げた。

「狙《ねら》いが探偵《たんてい》シュヴァリエなら、どうして白兎君《しらとくん》たちを巻《ま》き込《こ》むんです？」

アリスは尋《たず》ねる。

「認《みと》めたくはないですが、シュヴァリエはそこそこ優秀《ゆうしゅう》な探偵《たんてい》ですからね〜」

優秀《ゆうしゅう》な探偵《たんてい》、と言《い》った時《とき》に、P《ピー》・P《ピー》・ジュニアの頬《ほお》はいかにも渋々《しぶしぶ》という感《かん》じにピクピクと震《ふる》えた。

「たとえテロリストが集団《しゅうだん》でやってきても、自分《じぶん》の身《み》ぐらいなら守《まも》れますよ。ですが——」

「クラス全員《ぜんいん》を守《まも》るのは難《むずか》しい」

琉生《るい》は続《つづ》けた。

「でも、どうやってうちのクラスの生徒《せいと》だけを誘拐《ゆうかい》できたんですの？　他《ほか》のクラスの人《ひと》は、誘拐《ゆうかい》されていないのでしょう？」

リリカは納得《なっとく》がいかないという顔《かお》をする。

「済《す》みませんが、ちょっとあっちまで」

P《ピー》・P《ピー》・ジュニアはリリカに窓際《まどぎわ》まで運《はこ》んでもらうと、窓《まど》を開《ひら》いた。

外《そと》は暗《くら》くなっていて、星《ほし》が輝《かがや》き始《はじ》めている。

「あれを見《み》てください」

P《ピー》・P《ピー》・ジュニアがヒレで指《さ》した方向《ほうこう》に目《め》をやると、ちょっと大《おお》きめのラジコン・ヘリのようなものが、夜空《よぞら》に浮《う》かんでいるのが見《み》えた。

「赤外線《せきがいせん》カメラを搭載《とうさい》した小型無人機《ドローン》です」

赤外線《せきがいせん》カメラは温度《おんど》を感知《かんち》する。

空中《くうちゅう》から監視《かんし》し体温《たいおん》をとらえることで、建物中《たてものじゅう》の人間《にんげん》の動《うご》きを知《し》ることができるのだ。

「あれを使《つか》えば、C組《シーぐみ》の教室《きょうしつ》に出入《でい》りする生徒《せいと》だけをチェックし、狙《ねら》うことができます」

「あれ、撃《う》ち落《お》とせないんですの？」

リリカがドローンを見上《みあ》げて悔《くや》しそうに尋《たず》ねる。

「無理《むり》でしょうね〜。計太君《けいたくん》がいれば、ハッキングして逆《ぎゃく》にこっちで操作《そうさ》できるんでしょうけど」

と、P《ピー》・P《ピー》・ジュニアが答《こた》えたその時《とき》。

ビュン！

何《なに》かがドローンから発射《はっしゃ》され、P《ピー》・P《ピー》・ジュニアの鼻先《はなさき》——というか、クチバシ先《さき》——をかすめて壁《かべ》に突《つ》き立《た》った。

「ボウガンの矢《や》だ」

琉生《るい》が、壁《かべ》に刺《さ》さった矢《や》を引《ひ》き抜《ぬ》いた。

「によによによ〜！」

P《ピー》・P《ピー》・ジュニアは、あわてて窓《まど》を閉《し》める。ドローンにボウガンが装備《そうび》されているとなると、開《あ》けっ放《ぱな》しにしていては大変危険《たいへんきけん》である。

「シュヴァリエ」

アリスは矢《や》をじっと見《み》ている琉生《るい》に声《こえ》をかけた。

「これではっきり分《わ》かったよ。僕《ぼく》が目的《もくてき》であることがね」

琉生《るい》は矢《や》をアリスに渡《わた》す。

矢《や》にはこう刻《きざ》んであった。

響琉生《ひびきるい》　仲間《なかま》はお前《まえ》の身柄《みがら》と交換《こうかん》　校庭《こうてい》に来《こ》い

「僕《ぼく》の責任《せきにん》だ。みんな、僕《ぼく》のせいで――」

琉生《るい》は悔《くや》しそうに唇《くちびる》を噛《か》む。

「らしくないですよ」

アリスは琉生《るい》の腕《うで》を取《と》った。

「夕星《ゆうずつ》アリスが見《み》たら、がっかりします」

「……違《ちが》いない」

琉生《るい》はほんの少《すこ》し、緊張《きんちょう》を解《と》いて笑《え》みを見《み》せる。

「キツいことを言《い》って、ごめんなさい」

「いや、ありがとう。反省《はんせい》はあとにするよ」

「さあ、みんなを助《たす》けにいきますよ〜！」

見《み》つめ合《あ》うふたりの間《あいだ》に、P《ピー》・P《ピー》・ジュニアが強引《ごういん》に割《わ》って入《はい》った。

「相手《あいて》はあの碇山《いかりやま》さんを倒《たお》すほどの相手《あいて》です。油断《ゆだん》してはいけません」

「確《たし》かにスポーツ万能《ばんのう》で体力《たいりょく》はありますが、碇山《いかりやま》さんは怪物《かいぶつ》ではないので」

アリスは一応《いちおう》、憩《いこい》のために言《い》っておく。

「みんなここに。危険《きけん》だからね」

琉生《るい》はそうクラスメートに告《つ》げると、校庭《こうてい》に向《む》かった。

校庭《こうてい》のトラック——タイヤがついている方《ほう》ではなく、陸上部《りくじょうぶ》が使《つか》う方《ほう》——の真《ま》ん中《なか》に、消《き》えたみんなが縛《しば》られて転《ころ》がっていた。
イヌ、サル、キジ、鬼《デーモン》、それにウサ耳《みみ》が一緒《いっしょ》に転《ころ》がっている姿《すがた》は、なかなかメルヘンである。

「響君《ひびきくん》、僕《ぼく》、逃《に》げようとしたんだけど、放送室《ほうそうしつ》に追《お》いつめられて！」

計太《けいた》が最初《さいしょ》に琉生《るい》たちの姿《すがた》に気《き》がついた。

「響《ひびき》だ！」

「響《ひびき》〜っ！」

「助《たす》けてくださ〜い！」

捕《つか》まっていたみんなは、琉生《るい》の姿《すがた》を見《み》て声《こえ》をそろえる。

「今《いま》、助《たす》けますから！」

P《ピー》・P《ピー》・ジュニアが駆《か》け寄《よ》ろうとしたその時《とき》。

「ノーッ♪　助《たす》けさせはせん♪」

テノールの歌声《うたごえ》とともに、誰《だれ》かが校庭《こうてい》の角《かど》にある伝説《でんせつ》の樹《き》――この樹《き》の下《した》で告白《こくはく》すると、必《かなら》ず別《わか》れるという――のてっぺんから飛《と》び降《お》りてきて、P《ピー》・P《ピー》・ジュニアの前《まえ》に立《た》ちふさがった。

ベレー帽《ぼう》をかぶった大《おお》きな男《おとこ》で、むき出《だ》しの二《に》の腕《うで》にはト音記号《おんきごう》がほられ、シャツの胸《むね》の部分《ぶぶん》にはつながった16分音符《ぶおんぷ》がプリントされている。

「おにょ！　何者《なにもの》です⁉」

P《ピー》・P《ピー》・ジュニアがヒレを構《かま》えた。

「地獄《じごく》から来《き》たミュージカル♪　百戦百勝《ひゃくせんひゃくしょう》の肉声《にくせい》オーケストラ♪　そう♪　俺様《おれさま》こそが、サージャント・ド・レミー♪　歌う軍曹《シンギング・サージ》と呼《よ》ぶがいい、新兵《しんぺい》ども♪」

腕組《うでぐ》みした男《おとこ》は、アリスたちを見下《みお》ろすようにして名乗《なの》る。

「お前《まえ》が探偵《たんてい》シュヴァリエだな♪　仲間《なかま》を見捨《みす》てずにやってくるとは感心《かんしん》だ♪」

ド・レミーは琉生《るい》を見《み》て、何度《なんど》も頷《うなず》いた。

「……この人《ひと》、いちいちメロディに乗《の》せないとしゃべれないのでしょうか？」

変《へん》なおじさんの登場《とうじょう》で、アリスは頭《あたま》が痛《いた》くなってきた。

「のようですね」

P《ピー》・P《ピー》・ジュニアも顔《かお》が強《こわ》ばっている。

「みんなを返《かえ》せ」

琉生《るい》がド・レミーの方《ほう》に進《すす》み出《で》た。

「やだよ～♪」

ド・レミーは高《たか》らかに歌《うた》う。

「ただ〜し♪　お前《まえ》がおとなしく俺様《おれさま》についてきて、今《いま》からやってくるヘリに乗《の》るのなら、話《はなし》は別《べつ》だ〜♪」

別《べつ》だ〜、のところで、声《こえ》が裏声《ファルセット》になった。

「どうしてみんなを巻《ま》き込《こ》んだ？」

琉生《るい》の瞳《ひとみ》は怒《いか》りに燃《も》えていた。

「たまただ〜♪」

ド・レミーは堂々《どうどう》と胸《むね》を張《は》った。

「お前《まえ》がC組《シーぐみ》だということは分《わ》かっていたからな♪　片《かた》っ端《ぱし》から捕《つか》まえれば、そのうちお前《まえ》が捕《つか》まると思《おも》ったのだ♪」

「この人《ひと》、適当《てきとう》すぎです」

アリスはつぶやきながら、スマートフォンをポシェットから出《だ》して握《にぎ》った。

「で、どうする♪　俺様《おれさま》についてくるか♪」

ド・レミーは琉生《るい》に向《む》かって親指《おやゆび》を立《た》て、白《しろ》い歯《は》を見《み》せる。

「……分《わ》かった」

琉生《るい》は頷《うなず》いた。

「いい子《こ》だ〜♪」

ド・レミーは満足《まんぞく》そうに頷《うなず》く。

「響君《ひびきくん》をどうするの？」

アリスはド・レミーに聞《き》いた。

「俺様《おれさま》の仕事《しごと》は響琉生《ひびきるい》を捕《と》らえて、テロリストたちに渡《わた》すことだ♪　あとのことは知《し》らんな〜♪　まあ♪　たぶん、アジトで処刑《しょけい》して、その映像《えいぞう》をネットに流《なが》すんじゃないかな♪　見《み》せしめとして〜♪」

ド・レミーは腕時計《うでどけい》を見《み》た。

「あと5分《ふん》で校庭《こうてい》にヘリが来《く》る♪　響君《ひびきくん》には俺様《おれさま》と一緒《いっしょ》にそのヘリに乗《の》ってもらうぞ♪」

「まずはみんなを放《はな》せ。そっちが先《さき》だ」

と、琉生《るい》。

「おお〜、すっかり忘《わす》れてた〜♪」

ド・レミーは、計太《けいた》たちを縛《しば》っていたロープを解《ほど》いた。

「怖《こわ》かったよ〜」

誘拐《ゆうかい》されていた男子《だんし》たちは、涙目《なみだめ》で琉生《るい》にすがりつく。

「ごめん、あいつ、強《つよ》くて」

憩《いこい》は泣《な》きそうな顔《かお》で琉生《るい》に謝《あやま》った。

「怪我《けが》、してるんですか？」

憩《いこい》の頬《ほお》が少《すこ》し腫《は》れていることに、アリスは気《き》がついた。

「大丈夫《だいじょうぶ》。ちょっと殴《なぐ》られただけだし」

憩《いこい》は小《ちい》さく頭《あたま》を振《ふ》る。

「……女《おんな》の子《こ》を殴《なぐ》るなんて、最《さい》っっっ低《てい》ですね！」

P《ピー》・P《ピー》・ジュニアのヒレは、怒《いか》りに震《ふる》えていた。

「俺様《おれさま》は男女差別《だんじょさべつ》はしない♪　忘《わす》れていたが、お前《まえ》たちには、消《き》えてもらおう♪」

ド・レミーは銃《じゅう》を抜《ぬ》いた。

「食《く》らえ♪　上腕二頭筋《じょうわんにとうきん》と銃《じゅう》のすてきなハ〜モニ〜♪」

銃口《じゅうこう》がアリスたちに向《む》けられたその時《とき》。

「『隠者《ハーミット》』のカード！」

琉生《るい》がベルトに留《と》めてあるタロット・カードのケースから1枚《まい》を引《ひ》き抜《ぬ》き、ド・レミーに向《む》けて放《はな》った。

カードからふき出《だ》す煙幕《えんまく》が、ド・レミーの視界《しかい》を覆《おお》う。

「くっ♪　見《み》えない♪　ど、どこだ～♪」

「今《いま》です！」

ド・レミーがひるむと同時《どうじ》に、P《ピー》・P《ピー》・ジュニアがジャンプして体当《たいあ》たりを見舞《みま》う。

しかし。

「……な～んてな♪」

ド・レミーは体当《たいあ》たりを片手《かたて》で受《う》け止《と》めた。

「ひとりが俺様《おれさま》を惑《まど》わせ、もうひとりが別方向《べつほうこう》から攻撃《こうげき》、なんて、こっちも計算済《けいさんず》みだ♪

単純《たんじゅん》すぎるんだよ、お子《こ》ちゃまは♪　……ってあれ♪」

自分《じぶん》がつかんだものを見《み》て、ド・レミーの顔色《かおいろ》が変《か》わった。

「バスケットのボールだと〜♪」

P《ピー》・P《ピー》・ジュニアは体当《たいあ》たりしたのではない。そう見《み》せかけてボールを投《な》げつけたのだ。

「引《ひ》っかかりましたね！　これぞペンギン忍法《にんぽう》『移《うつ》し身《み》』の術《じゅつ》！　こんな時《とき》のために、私《わたし》はこの真《ま》ん丸《まる》のスタイルを苦心《くしん》して、苦心《くしん》して保《たも》っているんです！」

苦心《くしん》して、を二度《にど》くり返《かえ》したあたり、ちょっと嘘《うそ》っぽい。

「なるほど、お子《こ》ちゃまにしては上出来《じょうでき》♪　この軍曹《ぐんそう》、ほめてやろう♪」

「ド・レミー！　お前《まえ》がどんなに陰謀《いんぼう》を巡《めぐ》らせようと、僕《ぼく》らの友情《ゆうじょう》と信頼《しんらい》を断《た》ち切《き》ることはできない！」

琉生《るい》が続《つづ》けてタロット・カードを放《はな》った。

「『月《ムーン》』のカード！」

今度《こんど》のカードは三日月形《みかづきがた》のブーメランに変化《へんか》し、ド・レミーめがけて飛《と》んでいく。

だがド・レミーは人差《ひとさ》し指《ゆび》と中指《なかゆび》で、琉生《るい》の放《はな》ったブーメランを受《う》け止《と》めていた。

「まだまだ甘《あま》い♪」

「そうかな？」

琉生《るい》は白《しろ》い歯《は》を見《み》せる。

「残念《ざんねん》、僕《ぼく》の攻撃《こうげき》もおとりだ。油断《ゆだん》だよ、軍曹《ぐんそう》」

「何《なん》だと♪」

ド・レミーはキョロキョロとあたりを見回《みまわ》した。

「みんなの想《おも》いがこもったこの剣《けん》で！　あなたを倒《たお》し、学校《がっこう》を守《まも》る！」

伝説《でんせつ》の樹《き》に上《のぼ》っていたアリスが、スマートフォンのエースのアイコンに触《ふ》れながら飛《と》び降《お》りる。

「ヴォーパル・ソード！」

アリスの右手《みぎて》の中《なか》に、輝《かがや》く剣《けん》が現《あらわ》れた。

アリスはその剣《けん》を、ド・レミーに振《ふ》り下《お》ろす。

ヴォーパル・ソードの刃《やいば》を頭《あたま》で受《う》け止《と》めたド・レミーは痺《しび》れてガクッとひざを突《つ》いた。

「残念《ソー・》でしたね《クロース》」

ド・レミーに、P《ピー》・P《ピー》・ジュニアが声《こえ》をかける。

「私《わたし》のライバルを狙《ねら》おうなんて、46億年早《おくねんはや》いんですよ！　食《く》らいなさい、連続《れんぞく》ハイ・スピン極点《きょくてん》アタ〜ック！」

Ｐ《ピー》・Ｐ《ピー》・ジュニアはコマのように回転《かいてん》しながら、ベチチチ〜ッと、ヒレのチョップを食《く》らわせた。

「ぐはっ♪」

体重《たいじゅう》の乗《の》った連続攻撃《れんぞくこうげき》に、さすがのド・レミーも気《き》を失《うしな》って倒《たお》れ込《こ》むのだった。

「……『吊《ザ・ハングド・マン》された男』」

琉生《るい》はロープに変形《へんけい》するタロット・カードを使《つか》い、ド・レミーを縛《しば》り上《あ》げる。

「どうやら、これで一件落着《いっけんらくちゃく》」

アリスはふうっと息《いき》をつき、剣《けん》をアイコンに戻《もど》した。

「撮《と》り損《そこ》なった！　アリス・リドルちゃんが剣《けん》を使《つか》って犯人《はんにん》を倒《たお》すシーン、撮《と》り損《そこ》なったよ〜！」

計太《けいた》が悔《くや》しがっていたが、アリスはとりあえず、そっとしておいてあげることにする。

一方《いっぽう》。

「あ〜、冬吹刑事《ふぶきけいじ》〜？　私《わたし》ですよ、私《わたし》〜」

P《ピー》・P《ピー》・ジュニアは警察《けいさつ》に連絡《れんらく》を取《と》っていた。

「……オレオレ詐欺《さぎ》でもイタズラ電話《でんわ》でもありませんったら！　……ほらほら、あなたの大好《だいす》きな名探偵《めいたんてい》ですよ～」

電話《でんわ》の向《む》こうで怒鳴《どな》る声《こえ》が、アリスにも聞《き》こえた。

「振《ふ》られてヤケ酒《ざけ》飲《の》んでいるところを悪《わる》いんですが……え？　どうして振《ふ》られたって分《わ》かったかって？　冗談《じょうだん》だったのに、当《あ》たっちゃいました～？　とりあえず、テロリストの仲《なか》間《ま》を捕《つか》まえたんで、引《ひ》き取《と》りに来《き》てもらえます？　場所《ばしょ》は氷山中学《ひょうざんちゅうがく》ということで。あと、テロリストの仲間《なかま》もヘリでやってくる頃《ころ》なので、そちらの逮捕《たいほ》もよろしく～」

がなり続《つづ》ける冬吹刑事《ふぶきけいじ》を放《ほう》っておいて、P《ピー》・P《ピー》・ジュニアは電話《でんわ》を切《き》った。


「みんな、ごめん！」

体育館《たいいくかん》に戻《もど》ると、琉生《るい》はクラスメートたちに頭《あたま》を下《さ》げた。

「迷惑《めいわく》をかけた責任《せきにん》を取《と》って、僕《ぼく》は主役《しゅやく》を降《お》りるよ」

「待《ま》てよ。誰《だれ》もお前《まえ》が悪《わる》いなんて思《おも》ってないって」

大道具《おおどうぐ》の男子《だんし》がそんな琉生《るい》の肩《かた》に手《て》を置《お》く。

「だよな」

イヌ役《やく》とキジ役《やく》が、うんうんと頷《うなず》いた。

「それに、助《たす》けてくれたでしょ？」

計太《けいた》が、アリスに返《かえ》してもらったタブレット端末《たんまつ》を愛《いと》しそうになでながら笑《わら》った。

「てか、他《ほか》のやつに桃太郎《ももたろう》の台詞《せりふ》覚《おぼ》えられると思《おも》うか？」

「少《すく》なくとも、俺《おれ》は無理《むり》」

と、鬼《デーモン》たち。

「次《つぎ》は、この手《て》であいつを倒《たお》～す！」

憩《いこい》はこぶしを突《つ》き上《あ》げてリベンジを誓《ちか》う。

「みなさん、こうおっしゃってますが？」

アリスは琉生《るい》の顔《かお》をのぞき込《こ》んだ。

「……じゃあ、リハーサルを続《つづ》けていいのかな？」

琉生《るい》にようやく、いつもの笑顔《えがお》が戻《もど》る。

「当然《オフ・コース》！　ショーを続けろ《ザ・ショウ・マスト・ゴー・オン》ですわ！」

リリカがメガホンを振《ふ》り上《あ》げて宣言《せんげん》した。

「いちおう、11時《じ》までしか残《のこ》っちゃいけないことになってますから急《いそ》ぎましょう！　あと、2時間《じかん》と14分《ぷん》23秒《びょう》21！」

計太《けいた》が時計《とけい》で時間《じかん》を確認《かくにん》してから、あたりを見回《みまわ》す。

「ところで、夕星《ゆうずつ》さんは？」

「……まだ計太君《けいたくん》を捜《さが》していました」

アリスは夕星《ゆうずつ》アリスに戻《もど》るため、早足《はやあし》で女子《じょし》トイレに向《む》かった。


そして、翌日《よくじつ》。

「楽《たの》しみですね。……探偵《たんてい》シュヴァリエが出《で》ていなければも～っと楽《たの》しみなんですけど」

P《ピー》・P《ピー》・ジュニアはアリスのひざの上《うえ》で、C組《シーぐみ》の劇《げき》の開幕《かいまく》を待《ま》っていた。

「ししょ～、そんなことを言《い》ってはいけません」

出番《でばん》のないアリスは、最前列《さいぜんれつ》の席《せき》で観劇《かんげき》である。

「お菓子食《かした》べますか〜」

隣《となり》の茉莉音《まりね》が、ポテトチップ・クサヤ風味《ふうみ》の袋《ふくろ》を差《さ》し出《だ》した。

「お前《まえ》、出《で》てないのかよ？」

後《うし》ろの席《せき》に、赤《あか》ずきんと並《なら》んで座《すわ》るオオカミが、身《み》を乗《の》り出《だ》してアリスに尋《たず》ねる。

「私《わたし》、雑用係長《ざつようかかりちょう》なので」

アリスは胸《むね》を張《は》って答《こた》えた。

「あ、そろそろですよ」

劇《げき》の始《はじ》まりを告《つ》げるブザーが鳴《な》った。

舞台《ぶたい》の幕《まく》がゆっくりと上《あ》がる。

「ワンス・アポン・ア・タイム――」

スポットライトが、琉生《るい》を照《て》らし出《だ》した。

（私《わたし》たちの劇《げき》）

アリスはその姿《すがた》を誇《ほこ》らしげに見守《みまも》るのであった。

明日《あした》もがんばれ！ 怪盗《かいとう》赤《あか》ずきん！ その12

　文化祭当日《ぶんかさいとうじつ》の朝《あさ》。

　赤《あか》ずきんたちは、校門《こうもん》のところで、バッタリと茉莉音《まりね》に出《で》くわしていた。

「あ〜、茉莉音《まりね》じゃん!」

「レッド〜」

　赤《あか》ずきんと茉莉音《まりね》は手《て》を打《う》ち合《あ》わせる。

「あんたも劇《げき》、見《み》に来《き》たの？」

「うん。P・P《ピーピー》・ジュニアさんが誘《さそ》ってくれて。レッドも？」

「あたしは忙《いそが》しかったんだけど、頼《たの》まれて仕方《しかた》なく〜」

「呼《よ》ばれて小躍《こおど》りして喜《よろ》んでたくせに」

　オオカミが小声《こごえ》で突《つ》っ込《こ》む。

「つまんなかったら、チケット代返《だいかえ》してもらうし〜」

「チケット代《だい》なんて払《はら》ってないだろが!　学校行事《がっこうぎょうじ》だぞ!?」

　オオカミはまたも突《つ》っ込《こ》む。

「けどさ、いい席取《せきと》ろうと急《いそ》いできたから、朝《あさ》ご飯食《はんた》べそこなったんだよね〜」

「これ、お店《みせ》の余《あま》りものだけど、良《よ》かったら食《た》べない？」

　茉莉音《まりね》はイカ刺し・ケチャップ・バーガーを差《さ》し出《だ》し、小声《こごえ》でつけ加《くわ》えた。

「……5日前《かまえ》のだけど」

「ありがと〜!」

　体育館《たいいくかん》に向《む》かう赤《あか》ずきんは、

　バーガーにパクついた。

「止《や》めといた方《ほう》が」

　というオオカミの声《こえ》は、

　赤《あか》ずきんの耳《みみ》には届《とど》かない。

　この時《とき》の赤《あか》ずきんは、まだ知《し》らなかったのだ。

　2時間後《じかんご》、はげしい腹痛《ふくつう》を起《お》こして病院《びょういん》に運《はこ》ばれるという、

　自分《じぶん》の恐《おそ》ろしい運命《うんめい》を。

Shogakukan Junior Bunko

★小学館ジュニア文庫★

華麗なる探偵アリス＆ペンギン

ウィッチ・ハント！

2018年12月26日　初版第１刷発行

著者／南房秀久
イラスト／あるや

発行人／立川義剛
編集人／吉田憲生
編集／山口久美子

発行所／株式会社　小学館
〒101-8001　東京都千代田区一ツ橋２－３－１
電話／編集　03-3230-5105
販売　03-5281-3555

印刷・製本／加藤製版印刷株式会社

デザイン／佐藤千恵＋ベイブリッジ・スタジオ

Printed in Japan　　ISBN 978-4-09-231272-2